16	3	2	13
5	10	11	8
9	6	7	12
4	15	14	1

Eurípides

AS TROIANAS

Edição bilíngue
Tradução, posfácio e notas de Trajano Vieira
Texto de Jean-Paul Sartre
Ensaio de Chris Carey

editora■34

EDITORA 34

Editora 34 Ltda.
Rua Hungria, 592 Jardim Europa CEP 01455-000
São Paulo - SP Brasil Tel/Fax (11) 3811-6777 www.editora34.com.br

Copyright © Editora 34 Ltda., 2021
Tradução, posfácio e notas © Trajano Vieira, 2021
"Introduction" by Jean-Paul Sartre, in *Les Troyennes* by Euripide
© Éditions Gallimard, 1966
"Euripides, *Trojan Women*" © Chris Carey, 2013

A FOTOCÓPIA DE QUALQUER FOLHA DESTE LIVRO É ILEGAL E CONFIGURA UMA
APROPRIAÇÃO INDEVIDA DOS DIREITOS INTELECTUAIS E PATRIMONIAIS DO AUTOR.

Título original:
Τρῳάδες

Capa, projeto gráfico e editoração eletrônica:
Franciosi & Malta Produção Gráfica

Tradução dos excertos da crítica:
Nina Schipper

Revisão:
Camila de Moura

1ª Edição - 2021

CIP - Brasil. Catalogação-na-Fonte
(Sindicato Nacional dos Editores de Livros, RJ, Brasil)

Eurípides, *c.* 480-406 a.C.

E664t As Troianas / Eurípides; edição bilíngue;
tradução, posfácio e notas de Trajano Vieira;
texto de Jean-Paul Sartre; ensaio de Chris Carey
— São Paulo: Editora 34, 2021 (1ª Edição).
184 p.

ISBN 978-65-5525-081-7

Texto bilíngue, português e grego

   1. Teatro grego (Tragédia). I. Vieira,
Trajano. II. Sartre, Jean-Paul (1905-1980).
III. Carey, Chris. IV. Título.

CDD - 882

AS TROIANAS

Argumento	9
Τὰ τοῦ δράματος πρόσωπα	10
Personagens	11
Τρῳάδες	12
As Troianas	13
Posfácio do tradutor	137
Métrica e critérios de tradução	147
Sobre o autor	149
Sugestões bibliográficas	151
Excertos da crítica	153
"Sobre *As Troianas*", *Jean-Paul Sartre*	159
"Eurípides, *As Troianas*", *Chris Carey*	167
Sobre o tradutor	181

"Ao ver certa vez um ator representando *As Troianas* de Eurípides, [Alexandre de Feres] abandonou abruptamente o teatro e mandou lhe dizer que mantivesse a confiança e não se empenhasse menos por causa de sua partida, pois não se retirara por desprezar sua atuação, mas para evitar a vergonha diante dos cidadãos, alguém jamais piedoso com nenhum dos homens que fizera matar, sendo visto às lágrimas pelos infortúnios de Hécuba e Andrômaca."

Plutarco, *Pelópidas*, 29, 5

Argumento

A peça se inicia com um diálogo entre Posêidon e Atena sobre a derrota de Troia, que acabou de ocorrer, e o futuro dos gregos, que serão punidos pelos deuses em seu regresso à terra natal. A cena volta-se então para a rainha troiana Hécuba, prostrada no chão diante do acampamento de seus inimigos. Agora prisioneira, a anciã lamenta sua condição e aguarda o sorteio que decidirá o destino das mulheres troianas, que incluem, além dela própria, a vidente Cassandra (sua filha), Andrômaca (esposa de seu filho Heitor, morto por Aquiles) e Helena. As decisões dos gregos são transmitidas por Taltíbio, servidor do rei Agamêmnon.

Τὰ τοῦ δράματος πρόσωπα

ΠΟΣΕΙΔΩΝ

ἈΘΗΝΑ

ἙΚΑΒΗ

ΧΟΡΟΣ

ΤΑΛΘΥΒΙΟΣ

ΚΑΣΑΝΔΡΑ

ἈΝΔΡΟΜΑΧΗ

ἈΣΤΥΑΝΑΞ

ΜΕΝΕΛΑΟΣ

ἙΛΕΝΗ

Personagens

POSÊIDON

ATENA

HÉCUBA, rainha de Troia e mãe de Heitor, Páris, Cassandra e Polixena

CORO das mulheres troianas, prisioneiras dos gregos

TALTÍBIO, arauto dos gregos

CASSANDRA, princesa e sacerdotisa troiana

ANDRÔMACA, esposa de Heitor

ASTIÁNAX, filho de Heitor e Andrômaca

MENELAU, rei de Esparta e marido de Helena

HELENA, companheira de Páris, após ter fugido com este para Troia

Τρῳάδες*

ΠΟΣΕΙΔΩΝ

Ἥκω λιπὼν Αἴγαιον ἁλμυρὸν βάθος
πόντου Ποσειδῶν, ἔνθα Νηρήδων χοροὶ
κάλλιστον ἴχνος ἐξελίσσουσιν ποδός.
ἐξ οὗ γὰρ ἀμφὶ τήνδε Τρωικὴν χθόνα
Φοῖβός τε κἀγὼ λαΐνους πύργους πέριξ   5
ὀρθοῖσιν ἔθεμεν κανόσιν, οὔποτ᾽ ἐκ φρενῶν
εὔνοι᾽ ἀπέστη τῶν ἐμῶν Φρυγῶν πόλει·
ἣ νῦν καπνοῦται καὶ πρὸς Ἀργείου δορὸς
ὄλωλε πορθηθεῖσ᾽· ὁ γὰρ Παρνάσιος
Φωκεὺς Ἐπειός, μηχαναῖσι Παλλάδος   10
ἐγκύμον᾽ ἵππον τευχέων ξυναρμόσας,

---

* Texto grego estabelecido a partir de *Euripidis Fabulae*, tomo 2, organização de Gilbert Murray, Oxford, Clarendon Press, 1913.

As Troianas

(*Posêidon entra em cena. Ao fundo, tendas do acampamento grego. À frente, Hécuba abandonada ao chão.*)

POSÊIDON[1]
Deixei o báratro salino do oceano
Egeu, onde as Nereidas gravam com os pés
um belo círculo. Apolo erigiu
comigo o baluarte pétreo a fio de esquadro
em torno desta terra teucra.[2] O sentimento   5
de simpatia nunca me abandona a mente
pela cidade de meus frígios, fumegando
agora.[3] Morre, devastada pela lança
argiva. O fócida parnásio Epeu, após
estruturar as partes do cavalo grávido   10
de armas, discípulo de Palas, introduz

---

[1] Como em outras tragédias de Eurípides (*Hipólito*, *Bacantes*), no prólogo expositivo ocorre a manifestação divina.

[2] O deus alude ao serviço que prestou ao rei Laomedonte, acompanhando Apolo durante um ano na construção das muralhas de Troia. Laomedonte prometeu-lhes os cavalos que recebera de Zeus, o que acaba não cumprindo. Como consequência, Troia sofreu depois a sua primeira destruição (cf. *Ilíada*, VII, 452-3; XXI, 441-57).

[3] O autor refere-se aos troianos como habitantes da Frígia, região da Ásia Menor.

πύργων ἔπεμψεν ἐντὸς ὀλέθριον βρέτας·
ὅθεν πρὸς ἀνδρῶν ὑστέρων κεκλήσεται
Δούρειος Ἵππος, κρυπτὸν ἀμπισχὼν δόρυ.
ἔρημα δ᾽ ἄλση καὶ θεῶν ἀνάκτορα   15
φόνῳ καταρρεῖ· πρὸς δὲ κρηπίδων βάθροις
πέπτωκε Πρίαμος Ζηνὸς ἑρκείου θανών.
πολὺς δὲ χρυσὸς Φρύγιά τε σκυλεύματα
πρὸς ναῦς Ἀχαιῶν πέμπεται· μένουσι δὲ
πρύμνηθεν οὖρον, ὡς δεκασπόρῳ χρόνῳ   20
ἀλόχους τε καὶ τέκν᾽ εἰσίδωσιν ἄσμενοι,
οἳ τήνδ᾽ ἐπεστράτευσαν Ἕλληνες πόλιν.
ἐγὼ δέ — νικῶμαι γὰρ Ἀργείας θεοῦ
Ἥρας Ἀθάνας θ᾽, αἳ συνεξεῖλον Φρύγας —
λείπω τὸ κλεινὸν Ἴλιον βωμούς τ᾽ ἐμούς·   25
ἐρημία γὰρ πόλιν ὅταν λάβῃ κακή,
νοσεῖ τὰ τῶν θεῶν οὐδὲ τιμᾶσθαι θέλει.
πολλοῖς δὲ κωκυτοῖσιν αἰχμαλωτίδων
βοᾷ Σκάμανδρος δεσπότας κληρουμένων.
καὶ τὰς μὲν Ἀρκάς, τὰς δὲ Θεσσαλὸς λεὼς   30
εἴληχ᾽ Ἀθηναίων τε Θησεῖδαι πρόμοι.
ὅσαι δ᾽ ἄκληροι Τρῳάδων, ὑπὸ στέγαις
ταῖσδ᾽ εἰσί, τοῖς πρώτοισιν ἐξῃρημέναι
στρατοῦ, σὺν αὐταῖς δ᾽ ἡ Λάκαινα Τυνδαρὶς
Ἑλένη, νομισθεῖσ᾽ αἰχμάλωτος ἐνδίκως.   35
τὴν δ᾽ ἀθλίαν τήνδ᾽ εἴ τις εἰσορᾶν θέλει,
πάρεστιν, Ἑκάβην κειμένην πυλῶν πάρος,

a estátua morticida dentro das muralhas.[4]
Os homens no futuro a denominarão
cavalo armado, pelas armas que ocultava.
Ninguém no bosque, os templos vertem sangue, Príamo
tombou sem vida diante dos degraus do altar
de Zeus Erceu. Espólios frígios, profusão
de ouro, são levados aos navios aqueus.
Na expectativa de que o vento sopre à popa,
ao cabo de um decênio, alegres por rever   20
mulher e filho, os gregos guerrearam contra
a cidadela. Hera argiva derrotou-me,
Palas com ela, dupla algoz da gente frígia.[5]
Deixei a renomada Ílion com altares
a mim devotos. Quando a solidão da agrura   25
retém uma cidade, os rituais divinos
adoecem, não acolhem mais as honrarias.
E o Escamandro estronda o pranto sucessivo
de prisioneiras que ao acaso seguem déspotas.
Algumas vão com árcades, com os tessálios,   30
outras com teseídas, líderes de Atenas.
Sob as tendas encontram-se as troianas não
sorteadas, posse de quem encabeça as tropas,
entre as quais a espartana Helena tindarida,
não sem razão retida como prisioneira.   35
Se alguém quiser mirar uma mulher tristíssima,
eis Hécuba jazente diante dos portais.[6]

---

[4] Epeu fabricou o cavalo de Troia (*Odisseia*, VIII, 492-95).

[5] A inimizade de Hera e Palas Atena contra os troianos remonta ao episódio do julgamento de Páris.

[6] Registre-se a função de marcação cênica do verso e o emprego de "alguém", que remete ao espectador do drama.

δάκρυα χέουσαν πολλὰ καὶ πολλῶν ὕπερ·
ἢ παῖς μὲν ἀμφὶ μνῆμ' Ἀχιλλείου τάφου
λάθρα τέθνηκε τλημόνως Πολυξένη·   40
φροῦδος δὲ Πρίαμος καὶ τέκν'· ἣν δὲ παρθένον
μεθῆκ' Ἀπόλλων δρομάδα Κασάνδραν ἄναξ,
τὸ τοῦ θεοῦ τε παραλιπὼν τό τ' εὐσεβὲς
γαμεῖ βιαίως σκότιον Ἀγαμέμνων λέχος.
ἀλλ', ὦ ποτ' εὐτυχοῦσα, χαῖρέ μοι, πόλις   45
ξεστόν τε πύργωμ'· εἴ σε μὴ διώλεσεν
Παλλὰς Διὸς παῖς, ἦσθ' ἂν ἐν βάθροις ἔτι.

ΑΘΗΝΑ

ἔξεστι τὸν γένει μὲν ἄγχιστον πατρὸς
μέγαν τε δαίμον' ἐν θεοῖς τε τίμιον,
λύσασαν ἔχθραν τὴν πάρος, προσεννέπειν;   50

ΠΟΣΕΙΔΩΝ

ἔξεστιν· αἱ γὰρ συγγενεῖς ὁμιλίαι,
ἄνασσ' Ἀθάνα, φίλτρον οὐ σμικρὸν φρενῶν.

ΑΘΗΝΑ

ἐπήνεσ' ὀργὰς ἠπίους· φέρω δὲ σοὶ
κοινοὺς ἐμαυτῇ τ' ἐς μέσον λόγους, ἄναξ.

ΠΟΣΕΙΔΩΝ

μῶν ἐκ θεῶν του καινὸν ἀγγελεῖς ἔπος,   55
ἢ Ζηνὸς ἢ καὶ δαιμόνων τινὸς πάρα;

Sobram razões para que chore aos borbotões,
pois junto ao memorial da tumba do Aquileu,
morreu-lhe a filha altiva, a triste Polixena,[7]   40
e Príamo conheceu a mesma sina, e os filhos,
e o ímpio Agamêmnon, desdenhando o deus,
impôs o casamento sigiloso à casta
Cassandra, a quem Apolo desnorteia. Pólis
outrora afortunada, adeus! Adeus, ameias   45
polidas! Sobre os alicerces fulgirias,
não fora a ação de Palas, filha do Cronida.

    (Entra Atena.)

ATENA
Será que posso dirigir-me a um nume imenso,
parente próximo de Zeus, glória entre os deuses,
deixando nossas diferenças para trás?   50

POSÊIDON
Sem dúvida, pois a conversa familiar,
Atena, é um bálsamo que alegra o coração.

ATENA
Sou grata pelo tom acolhedor. Palavras
conscienciosas interponho entre nós dois.

POSÊIDON
Vens me comunicar alguma novidade   55
da parte das deidades, Zeus, quem sabe, um *dâimon*?

---

[7] Filha de Príamo e Hécuba, Polixena foi sacrificada sobre o túmulo de Aquiles.

ΆΘΗΝΑ

οὔκ, ἀλλὰ Τροίας οὕνεκ᾽, ἔνθα βαίνομεν,
πρὸς σὴν ἀφῖγμαι δύναμιν, ὡς κοινὴν λάβω.

ΠΟΣΕΙΔΩΝ

ἦ πού νιν, ἔχθραν τὴν πρὶν ἐκβαλοῦσα, νῦν
ἐς οἶκτον ἦλθες πυρὶ κατῃθαλωμένης;   60

ΆΘΗΝΑ

ἐκεῖσε πρῶτ᾽ ἄνελθε· κοινώσῃ λόγους
καὶ συνθελήσεις ἃν ἐγὼ πρᾶξαι θέλω;

ΠΟΣΕΙΔΩΝ

μάλιστ᾽· ἀτὰρ δὴ καὶ τὸ σὸν θέλω μαθεῖν·
πότερον Ἀχαιῶν ἦλθες οὕνεκ᾽ ἢ Φρυγῶν;

ΆΘΗΝΑ

τοὺς μὲν πρὶν ἐχθροὺς Τρῶας εὐφρᾶναι θέλω,   65
στρατῷ δ᾽ Ἀχαιῶν νόστον ἐμβαλεῖν πικρόν.

ΠΟΣΕΙΔΩΝ

τί δ᾽ ὧδε πηδᾷς ἄλλοτ᾽ εἰς ἄλλους τρόπους
μισεῖς τε λίαν καὶ φιλεῖς ὃν ἂν τύχῃς;

ΆΘΗΝΑ

οὐκ οἶσθ᾽ ὑβρισθεῖσάν με καὶ ναοὺς ἐμούς;

ΠΟΣΕΙΔΩΝ

οἶδ᾽, ἡνίκ᾽ Αἴας εἷλκε Κασάνδραν βίᾳ.   70

ATENA

Venho por Troia, onde nós nos encontramos,
e por tua potência, caso a partilhes.

POSÊIDON

Deixaste para trás a antiga hostilidade,
sensível ao estado de Ílion, hoje em cinzas? 60

ATENA

Torna ao ponto central: meu argumento te
sensibiliza? És sócio do que planifico?

POSÊIDON

Direi que sim, mas me esclarece o teu desígnio:
vens por causa de aqueus, ou pela gente frígia?

ATENA

Quero agradar aos troas, antes adversários, 65
e impor o travo do retorno à tropa aqueia.

POSÊIDON

Como mudas de humor tão facilmente, e amas
e odeias tanto alguém que o acaso te apresente?

ATENA

Ignoras que fui agredida, com meus templos?

POSÊIDON

Eu sei, quando Ájax removeu Cassandra à força.[8] 70

_____

[8] Ájax Oileu atacou Cassandra no templo de Atena.

19

ΆΘΗΝΑ

κοὐδέν γ᾽ Ἀχαιῶν ἔπαθεν οὐδ᾽ ἤκουσ᾽ ὕπο.

ΠΟΣΕΙΔΩΝ

καὶ μὴν ἔπερσάν γ᾽ Ἴλιον τῷ σῷ σθένει.

ΆΘΗΝΑ

τοιγάρ σφε σὺν σοὶ βούλομαι δρᾶσαι κακῶς.

ΠΟΣΕΙΔΩΝ

ἕτοιμ᾽ ἃ βούλῃ τἀπ᾽ ἐμοῦ. δράσεις δὲ τί;

ΆΘΗΝΑ

δύσνοστον αὐτοῖς νόστον ἐμβαλεῖν θέλω.   75

ΠΟΣΕΙΔΩΝ

ἐν γῇ μενόντων ἢ καθ᾽ ἁλμυρὰν ἅλα;

ΆΘΗΝΑ

ὅταν πρὸς οἴκους ναυστολῶσ᾽ ἀπ᾽ Ἰλίου.
καὶ Ζεὺς μὲν ὄμβρον καὶ χάλαζαν ἄσπετον
πέμψει, δνοφώδη τ᾽ αἰθέρος φυσήματα·
ἐμοὶ δὲ δώσειν φησὶ πῦρ κεραύνιον,   80
βάλλειν Ἀχαιοὺς ναῦς τε πιμπράναι πυρί.
σὺ δ᾽ αὖ, τὸ σόν, παράσχες Αἴγαιον πόρον
τρικυμίαις βρέμοντα καὶ δίναις ἁλός,
πλῆσον δὲ νεκρῶν κοῖλον Εὐβοίας μυχόν,
ὡς ἂν τὸ λοιπὸν τἄμ᾽ ἀνάκτορ᾽ εὐσεβεῖν   85
εἰδῶσ᾽ Ἀχαιοί, θεούς τε τοὺς ἄλλους σέβειν.

ΠΟΣΕΙΔΩΝ

ἔσται τάδ᾽· ἡ χάρις γὰρ οὐ μακρῶν λόγων

ATENA

Nenhum aqueu o censurou, impôs-lhe pena.

POSÊIDON

Tua força os auxiliou na destruição de Troia.

ATENA

Daí eu recorrer a ti para puni-los.

POSÊIDON

Pois estou pronto a te ajudar. O que farás?

ATENA

Desejo transtornar a volta dos helênicos.   75

POSÊIDON

Em terra firme ou quando estejam no alto-mar?

ATENA

Quando naveguem de retorno para o lar,
Zeus choverá, arrojará granizo horrível,
e a tempestade plúmbea há de se armar no ar.
Me prometeu doar seu fogo lampejante   80
para eu incendiar as naves dos aqueus.
Como é de tua alçada, faz com que a encosta
egeia ruja com os vórtices do mar,
enche de mortos o oco dos baixios da Eubeia,
a fim de que os aqueus aprendam no futuro   85
a venerar meus templos e as demais deidades.

POSÊIDON

Assim será. A graça não requer delongas

δεῖται· ταράξω πέλαγος Αἰγαίας ἁλός.
ἀκταὶ δὲ Μυκόνου Δήλιοί τε χοιράδες
Σκῦρός τε Λῆμνός θ᾽ αἱ Καφήρειοί τ᾽ ἄκραι   90
πολλῶν θανόντων σώμαθ᾽ ἕξουσιν νεκρῶν.
ἀλλ᾽ ἕρπ᾽ Ὄλυμπον καὶ κεραυνίους βολὰς
λαβοῦσα πατρὸς ἐκ χερῶν καραδόκει,
ὅταν στράτευμ᾽ Ἀργεῖον ἐξιῇ κάλως.
μῶρος δὲ θνητῶν ὅστις ἐκπορθεῖ πόλεις,   95
ναούς τε τύμβους θ᾽, ἱερὰ τῶν κεκμηκότων,
ἐρημίᾳ δοὺς αὐτὸς ὤλεθ᾽ ὕστερον.

ΕΚΑΒΗ
ἄνα, δύσδαιμον, πεδόθεν κεφαλή·
ἐπάειρε δέρην· οὐκέτι Τροία
τάδε καὶ βασιλῆς ἐσμεν Τροίας.   100
μεταβαλλομένου δαίμονος ἀνέχου.
πλεῖ κατὰ πορθμόν,
πλεῖ κατὰ δαίμονα,
μηδὲ προσίστω πρῷραν βιότου
πρὸς κῦμα πλέουσα τύχαισιν.
αἰαῖ αἰαῖ.   105
τί γὰρ οὐ πάρα μοι μελέᾳ στενάχειν,
ᾗ πατρὶς ἔρρει καὶ τέκνα καὶ πόσις;
ὦ πολὺς ὄγκος συστελλόμενος
προγόνων, ὡς οὐδὲν ἄρ᾽ ἦσθα.
τί με χρὴ σιγᾶν; τί δὲ μὴ σιγᾶν;   110
τί δὲ θρηνῆσαι;
δύστηνος ἐγὼ τῆς βαρυδαίμονος
ἄρθρων κλίσεως, ὡς διάκειμαι,
νῶτ᾽ ἐν στερροῖς λέκτροισι ταθεῖσ᾽.

de parlendas. Conturbarei o mar Egeu.
O litoral de Míconos, o escolho em Delos,
Lemno e Ciro, os promontórios cafereus,   90
irão recepcionar inúmeros cadáveres.
Mas volta para o Olimpo, empunha os dardos fúlgidos
que te oferece o pai, espera até que o exército
aqueu desfralde as velas. Louco é quem derrui
a urbe, templos, túmulos reduz ao vácuo,   95
recintos sacros dos que já morreram, ele
mesmo, mais tarde, destinado a falecer.

*(Posêidon e Atena deixam a cena, cada um por um lado. Hécuba
levanta-se.)*

HÉCUBA

Sus!, demoadversa, ergue do chão
o colo, a testa! Troia não
existe mais, deixei de ser rainha em Troia.   100
Suporta o *dâimon* — o destino — se ele muda,
navega pela rota,
navega a favor do *dâimon*!
Nauta do acaso, evita arremeter na onda
a proa de tua vida!
Ai! Ai!   105
O que me faz reter o pranto,
ao declínio de tudo, pátria, filhos e marido?
Esvai-se o fasto que ofuscava dos ancestres,
eras quimera!
O que devo calar? Ou não calar?   110
Ou lamentar?
A dor aumenta à contração dos membros,
deitada sobre o dorso
que alongo na aspereza do terreno.

οἴμοι κεφαλῆς, οἴμοι κροτάφων   115
πλευρῶν θ', ὥς μοι πόθος εἱλίξαι
καὶ διαδοῦναι νῶτον ἄκανθάν τ'
εἰς ἀμφοτέρους τοίχους, μελέων
ἐπὶ τοὺς αἰεὶ δακρύων ἐλέγους.
μοῦσα δὲ χαύτη τοῖς δυστήνοις   120
ἄτας κελαδεῖν ἀχορεύτους.

πρῷραι ναῶν, ὠκείαις
Ἴλιον ἱερὰν αἳ κώπαις
δι' ἅλα πορφυροειδέα καὶ
λιμένας Ἑλλάδος εὐόρμους   125
αὐλῶν παιᾶνι στυγνῷ
συρίγγων τ' εὐφθόγγων φωνᾷ
βαίνουσαι πλεκτὰν Αἰγύπτου
παιδείαν ἐξηρτήσασθ',
αἰαῖ, Τροίας ἐν κόλποις   130
τὰν Μενελάου μετανισόμεναι
στυγνὰν ἄλοχον, Κάστορι λώβαν
τῷ τ' Εὐρώτᾳ δυσκλείαν,
ἃ σφάζει μὲν
τὸν πεντήκοντ' ἀροτῆρα τέκνων   135
Πρίαμον, ἐμέ τε μελέαν Ἑκάβαν
ἐς τάνδ' ἐξώκειλ' ἄταν.
ὤμοι, θάκους οἵους θάσσω,
σκηναῖς ἐφέδρους Ἀγαμεμνονίαις.

Cabeça, flancos, têmporas,
domina-me querer virar
e distender as costas e a espinha
de um lado e outro,
com elegias de prantos sempre inúteis.
Ao menos esta Musa ao ser que sofre:
soar sem coro *ate*, a catástrofe.

Ó proas ágeis dos navios
singrando a remo o mar purpúreo rumo a Ílion sacra
e portos bons de aproar na Grécia,
com peã estígio de flautins
e ao som de gaitas ecoantes,
ataste a corda, artefato egípcio,[9]
no golfo — ai de mim! — em Ílion,
atrás da esposa estígia de Menelau,
opróbrio para Cástor[10]
e nódoa para o Eurota,[11]
algoz de Príamo,
pai de cinquenta filhos,
razão do meu naufrágio,
triste Hécuba,
no atual desastre.
Ai de mim!
Sento-me em que sédia
junto à tenda de Agamêmnon?

---

[9] Heródoto (II, 96) fala das amarras fabricadas com fibras de papiro, inventadas pelos egípcios.

[10] Na *Helena* (135-42), Eurípides observa que Cástor e Pólux teriam cometido suicídio, envergonhados pela irmã.

[11] Alusão, por metonímia, a Esparta: o rio Eurota nasce na Arcádia e desemboca no golfo lacônico.

δούλα δ' ἄγομαι   140
γραῦς ἐξ οἴκων πενθήρη
κρᾶτ' ἐκπορθηθεῖσ' οἰκτρῶς.
ἀλλ' ὦ τῶν χαλκεγχέων Τρώων
ἄλοχοι μέλεαι,
καὶ κοῦραι κοῦραι δύσνυμφοι,
τύφεται Ἴλιον, αἰάζωμεν.   145
μάτηρ δ' ὡσεί τις πτανοῖς
ὄρνισιν, ὅπως ἐξάρξω 'γὼ
κλαγγάν, μολπάν, οὐ τὰν αὐτὰν
οἵαν ποτὲ δὴ
σκήπτρῳ Πριάμου διερειδομένα   150
ποδὸς ἀρχεχόρου πληγαῖς Φρυγίους
εὐκόμποις ἐξῆρχον θεούς.

ἩΜΙΧΟΡΙΟΝ Α

Ἑκάβη, τί θροεῖς; τί δὲ θωΰσσεις;
ποῖ λόγος ἥκει; διὰ γὰρ μελάθρων
ἄιον οἴκτους οὓς οἰκτίζῃ.   155
διὰ δὲ στέρνων φόβος ἄισσεν
Τρῳάσιν, αἳ τῶνδ' οἴκων εἴσω
δουλείαν αἰάζουσιν.

ἙΚΑΒΗ

ὦ τέκν', Ἀργείων πρὸς ναῦς ἤδη
κινεῖται κωπήρης χείρ.   160

ἩΜΙΧΟΡΙΟΝ Α

οἲ ἐγώ, τί θέλουσ', ἦ πού μ' ἤδη
ναυσθλώσουσιν πατρίας ἐκ γᾶς;

26

De casa sou levada,   140
velha, escrava,
cabelos rentes tristemente lutuosos.
Esposas míseras
de troicos lancibrônzeos,
moças, moças sem núpcias,
Ílion inflama, lamentemos!   145
Mater de aves aladas,
eis como principio o meu clangor, o canto,
em nada símile ao que, empunhando
o cetro priâmeo,
preludiava aos deuses da Frígia,   150
golpes do pé ressoando,
condutor da dança.

*(Sai de uma das tendas o primeiro semicoro, formado por
prisioneiras troianas.)*

PRIMEIRO SEMICORO

Qual o motivo, Hécuba, do grito estrídulo?   Estr. 1
Aonde voltam-se as palavras?
Da tenda ouvi o lamento que lamentas.   155
Pavor se arroja
pelo peito das troianas,
chorando a servitude no recinto.

HÉCUBA

A mão dos dânaos arma-se de remos, filhas,
já se dirige até as naus.   160

PRIMEIRO SEMICORO

Tristeza! O que pretendem? Conduzir-me,
a mim também, em naus, do solo pátrio?

ΈΚΑΒΗ
οὐκ οἶδ᾽, εἰκάζω δ᾽ ἄταν.

ΉΜΙΧΟΡΙΟΝ Α
ἰὼ ἰώ.
μέλεαι μόχθων ἐπακουσόμεναι   165
Τρῳάδες, ἔξω † κομίζεσθ᾽ † οἴκων·
στέλλουσ᾽ Ἀργεῖοι νόστον.

ΈΚΑΒΗ
αἶ, αἶ.
μή νύν μοι τὰν
ἐκβακχεύουσαν Κασάνδραν,   170
αἰσχύναν Ἀργείοισιν,
πέμψητ᾽ ἔξω,
μαινάδ᾽, ἐπ᾽ ἄλγει δ᾽ ἀλγυνθῶ.
ἰώ.
Τροία Τροία δύσταν᾽, ἔρρεις,
δύστανοι δ᾽ οἵ σ᾽ ἐκλείποντες
καὶ ζῶντες καὶ δμαθέντες.   175

ΉΜΙΧΟΡΙΟΝ Β
οἴμοι. τρομερὰ σκηνὰς ἔλιπον
τάσδ᾽ Ἀγαμέμνονος ἐπακουσομένα,
βασίλεια, σέθεν· μή με κτείνειν
δόξ᾽ Ἀργείων κεῖται μελέαν;

28

HÉCUBA

Não sei, mas imagino a desgraça.

PRIMEIRO SEMICORO

Ai!
Tristes teucras! No exterior das tendas,   165
ouvi o que oprime!
Os argivos ultimam a partida.

HÉCUBA

Ai!
Não, agora, até mim,
a mênade Cassandra[12]   170
conduzi para fora,
opróbrio aos argivos,
mênade... Não me doa outra dor!
Ai!
Troia, Troia infeliz, te arrastas à ruína.
Triste quem te abandona,
vivo ou sem viço.   175

(Sai de outra tenda o segundo semicoro, composto também de prisioneiras troianas.)

SEGUNDO SEMICORO

Ai! Deixo a tenda de Agamêmnon,   Ant. 1
tremendo, a fim de ouvir
tua voz, rainha. É consenso
entre argivos tirar a minha vida?

_____

[12] Cabe registrar que Cassandra é associada às mênades por seu comportamento frenético. As mênades eram seguidoras de Dioniso, enquanto Cassandra é sacerdotisa de Apolo.

ἢ κατὰ πρύμνας ἤδη ναῦται   180
στέλλονται κινεῖν κώπας;

ΕΚΑΒΗ

ὦ τέκνον, ὀρθρεύου σὰν ψυχάν.
ἐκπληχθεῖσ' ἦλθον φρίκᾳ.

ΗΜΙΧΟΡΙΟΝ Β

ἤδη τις ἔβα Δαναῶν κῆρυξ;
τῷ πρόσκειμαι δούλα τλάμων;   185

ΕΚΑΒΗ

ἐγγύς που κεῖσαι κλήρου.

ΗΜΙΧΟΡΙΟΝ Β

ἰὼ ἰώ.
τίς μ' Ἀργείων ἢ Φθιωτᾶν
ἢ νησαίαν μ' ἄξει χώραν
δύστανον πόρσω Τροίας;

ΕΚΑΒΗ

φεῦ φεῦ.   190
τῷ δ' ἁ τλάμων
ποῦ πᾷ γαίας δουλεύσω γραῦς,
ὡς κηφήν, ἁ δειλαία,
νεκροῦ μορφά,
νεκύων ἀμενηνὸν ἄγαλμα,
αἰαῖ αἰαῖ,
τὰν παρὰ προθύροις φυλακὰν κατέχουσ'
ἢ παίδων θρέπτειρ', ἁ Τροίας   195
ἀρχαγοὺς εἶχον τιμάς;

Ou será que os marujos já manobram 180
os remos popa abaixo?

HÉCUBA

Desperta, filha, tua psique!
Ao vir, abate-me o temor.

SEGUNDO SEMICORO

O arauto argivo já chegou?
A quem confiam esta serva triste? 185

HÉCUBA

Já te aproximas do sorteio.

SEGUNDO SEMICORO

Ai! ai!
Ftiota, argivo,
quem haverá de me levar à ilha
em que eu habite, longe de Ílion?

HÉCUBA

Ai! 190
E quanto a mim, infeliz,
em que país serei escrava,
zangão ranzinza,
menosprezável silhueta de cadáver,
ornato vacilante de esqueleto,
guardiã de algum vestíbulo,
ama-seca de infantes,
merecedora de honrarias reais 195
em Ílion?

ΧΟΡΟΣ

αἰαῖ αἰαῖ, ποίοις δ᾽ οἴκτοις
τὰν σὰν λύμαν ἐξαιάζεις;
οὐκ Ἰδαίοις ἱστοῖς κερκίδα
δινεύουσ᾽ ἐξαλλάξω.   200
νέατον τεκέων σώματα λεύσσω,
νέατον μόχθους ἔξω κρείσσους,
ἢ λέκτροις πλαθεῖσ᾽ Ἑλλάνων...
[ἔρροι νὺξ αὕτα καὶ δαίμων.]
ἢ Πειρήνας ὑδρευσομένα   205
πρόσπολος οἰκτρὰ σεμνῶν ὑδάτων.
τὰν κλεινὰν εἴθ᾽ ἔλθοιμεν
Θησέως εὐδαίμονα χώραν.
μὴ γὰρ δὴ δίναν γ᾽ Εὐρώτα,   210
τὰν ἐχθίσταν θεράπναν Ἑλένας,
ἔνθ᾽ ἀντάσω Μενέλᾳ δούλα,
τῷ τᾶς Τροίας πορθητᾷ.

τὰν Πηνειοῦ σεμνὰν χώραν,
κρηπῖδ᾽ Οὐλύμπου καλλίσταν,   215
ὄλβῳ βρίθειν φάμαν ἤκουσ᾽
εὐθαλεῖ τ᾽ εὐκαρπείᾳ·
τάδε δεύτερά μοι μετὰ τὰν ἱερὰν
Θησέως ζαθέαν ἐλθεῖν χώραν.
καὶ τὰν Αἰτναίαν Ἡφαίστου   220
Φοινίκας ἀντήρη χώραν,
Σικελῶν ὀρέων ματέρ᾽, ἀκούω

CORO

Ai! Ai! Lamentas que ultrajes com teus ais?   Estr. 2
Não mais deslizo as lançadeiras
nos teares de Ílion.
Derradeiro vislumbre da morada ancestre,   200
derradeiro, sujeita à maior angústia,
levada ao leito de algum homem grego,
— que a noite vá às favas, e o meu destino! —
ou, triste ancila, deverei munir-me
das águas sacras do Pirene.[13]   205
Ah! Se aportássemos
no país de Teseu![14]
Possa evitar o vórtice do Eurota,
detestável morada de Helena,   210
local em que, escrava, encontrarei
Menelau,
destruidor de Ílion.

Chegou-me a fama da sagrada plaga   Ant. 2
do Peneu,[15] rés belíssimo   215
do Olimpo, plena de fartura,
fértil em frutas belas.
Senão, me seja dado ir
ao divino rincão de Teseu.
Também o espaço do Etna heféstio, frente à Fenícia,   220
mater dos cimos sicúlios,
afirmam que as coroas da excelência

---

[13] Fonte de Corinto, cujas águas límpidas são referidas por Heródoto (V, 92).

[14] Alusão a Atenas, através de seu rei mítico.

[15] Rio da Tessália, que flui entre os montes Olimpo e Ossa.

καρύσσεσθαι στεφάνοις ἀρετᾶς.
τάν τ᾽ ἀγχιστεύουσαν γᾶν
† Ἰονίῳ ναῦται πόντῳ, †   225
ἃν ὑγραίνει καλλιστεύων
ὁ ξανθὰν χαίταν πυρσαίνων
Κρᾶθις ζαθέαις πηγαῖσι τρέφων
εὔανδρόν τ᾽ ὀλβίζων γᾶν.

καὶ μὴν Δαναῶν ὅδ᾽ ἀπὸ στρατιᾶς   230
κῆρυξ, νεοχμῶν μύθων ταμίας,
στείχει ταχύπουν ἴχνος ἐξανύων.
τί φέρει; τί λέγει; δοῦλαι γὰρ δὴ
Δωρίδος ἐσμὲν χθονὸς ἤδη.

ΤΑΛΘΥΒΙΟΣ
Ἑκάβη, πυκνὰς γὰρ οἶσθά μ᾽ ἐς Τροίαν ὁδοὺς   235
ἐλθόντα κήρυκ᾽ ἐξ Ἀχαιικοῦ στρατοῦ,
ἐγνωσμένος δὲ καὶ πάροιθέ σοι, γύναι,
Ταλθύβιος ἥκω καινὸν ἀγγελῶν λόγον.

ΕΚΑΒΗ
τόδε, φίλαι Τρῳάδες, ὃ φόβος ἦν πάλαι.

ΤΑΛΘΥΒΙΟΣ
ἤδη κεκλήρωσθ᾽, εἰ τόδ᾽ ἦν ὑμῖν φόβος.   240

o celebram,
e o litoral que se avizinha a quem navega
pelo oceano Jônio, 225
que o Crátis banha de beleza
e inflama de dourado a cabeleira,[16]
e alimenta as paragens com os fluxos sacros,
para gáudio de heróis.

Vejo que o arauto vem do acampamento aqueu. 230
É portador de que notícias novas?
Apressa os passos, célere.
Virá por qual motivo? O que dirá?
Escravas somos já da terra dórica.

*(De uma das laterais, entra em cena Taltíbio, acompanhado de
soldados.)*

TALTÍBIO

Sabes que tenho vindo, Hécuba, a Troia 235
frequentes vezes, como arauto dos aqueus.
Não é de hoje que a senhora me conhece:
eu sou Taltíbio, e trago algumas novidades.

HÉCUBA

Era o que há muito tempo, teucras, nós temíamos.

TALTÍBIO

Fostes sorteadas, se era isso o que temíeis. 240

---

[16] Às águas do rio Crátis atribuia-se função terapêutica. Segundo
Ovídio (*Metamorfoses*, XV, 315-6), os cabelos de quem mergulhasse no
rio se tingiriam de louro.

ΕΚΑΒΗ

αἰαῖ, τίν᾽ ἢ Θεσσαλίας πόλιν ἢ
Φθιάδος εἶπας ἢ Καδμείας χθονός;

ΤΑΛΘΥΒΙΟΣ

κατ᾽ ἄνδρ᾽ ἑκάστη κοὐχ ὁμοῦ λελόγχατε.

ΕΚΑΒΗ

τίν᾽ ἄρα τίς ἔλαχε; τίνα πότμος εὐτυχὴς
Ἰλιάδων μένει;   245

ΤΑΛΘΥΒΙΟΣ

οἶδ᾽· ἀλλ᾽ ἕκαστα πυνθάνου, μὴ πάνθ᾽ ὁμοῦ.

ΕΚΑΒΗ

τοὐμὸν τίς ἆρ᾽
ἔλαχε τέκος, ἔνεπε, τλάμονα Κασάνδραν;

ΤΑΛΘΥΒΙΟΣ

ἐξαίρετόν νιν ἔλαβεν Ἀγαμέμνων ἄναξ.

ΕΚΑΒΗ

ἦ τᾷ Λακεδαιμονίᾳ νύμφᾳ   250
δούλαν; ἰώ μοί μοι.

ΤΑΛΘΥΒΙΟΣ

οὔκ, ἀλλὰ λέκτρων σκότια νυμφευτήρια.

HÉCUBA

Ai! Falas de que urbe da Tessália, Ftia,
ou do país de Cadmo?[17]

TALTÍBIO

A cada uma coube um homem diferente.

HÉCUBA

Quem coube a quem?
Que troica foi afortunada?   245

TALTÍBIO

Uma pergunta cada vez, não todas juntas.

HÉCUBA

Cassandra, minha filha,
qual foi o seu destino?

TALTÍBIO

O magno Agamêmnon escolheu Cassandra.

HÉCUBA

Para que sirva à sua esposa espartana?[18]   250
Ai!

TALTÍBIO

Não, para tê-la ocultamente em sua cama.

---

[17] Alusão a Tebas por intermédio de seu herói fundador.

[18] Clitemnestra.

ΕΚΑΒΗ
ἦ τὰν τοῦ Φοίβου παρθένον, ᾇ γέρας ὁ
χρυσοκόμας ἔδωκ᾿ ἄλεκτρον ζόαν;

ΤΑΛΘΥΒΙΟΣ
ἔρως ἐτόξευσ᾿ αὐτὸν ἐνθέου κόρης.   255

ΕΚΑΒΗ
ῥῖπτε, τέκνον, ζαθέους κλῇδας καὶ ἀπὸ χροὸς ἐνδυ-
τῶν στεφέων ἱεροὺς στολμούς.

ΤΑΛΘΥΒΙΟΣ
οὐ γὰρ μέγ᾿ αὐτῇ βασιλικῶν λέκτρων τυχεῖν;

ΕΚΑΒΗ
τί δ᾿ ὃ νεοχμὸν ἀπ᾿ ἐμέθεν ἐλάβετε τέκος, ποῦ μοι;   260

ΤΑΛΘΥΒΙΟΣ
Πολυξένην ἔλεξας, ἢ τίν᾿ ἱστορεῖς;

ΕΚΑΒΗ
ταύταν· τῷ πάλος ἔζευξεν;

ΤΑΛΘΥΒΙΟΣ
τύμβῳ τέτακται προσπολεῖν Ἀχιλλέως.

38

HÉCUBA

A virgem apolínea, a quem o nume de áureos
cabelos premiou com vida de solteira?[19]

TALTÍBIO

Eros o flecha pela moça possuída.   255

HÉCUBA

Joga, menina, as sacras chaves fora,
arranca de teu corpo os véus divinos
dos ornamentos que vestias!

TALTÍBIO

Não é um grande obséquio obter o leito régio?

HÉCUBA

E quanto à minha filha, que de mim tirastes?   260

TALTÍBIO

Falas de Polixena ou sobre outra indagas?

HÉCUBA

Eu falo dela. A quem a sorte a submeteu?

TALTÍBIO

Impôs-se-lhe servir à tumba do Aquileu.[20]

---

[19] Cassandra.

[20] Só nos versos 624-5 é que Hécuba compreenderá a que se refere
Taltíbio aqui.

ΕΚΑΒΗ

ὤμοι ἐγώ· τάφῳ πρόσπολον ἐτεκόμαν.   265
ἀτὰρ τίς ὅδ᾽ ἢ νόμος ἢ τί
θέσμιον, ὦ φίλος, Ἑλλάνων;

ΤΑΛΘΥΒΙΟΣ

εὐδαιμόνιζε παῖδα σήν· ἔχει καλῶς.

ΕΚΑΒΗ

τί τόδ᾽ ἔλακες; ἆρά μοι ἀέλιον λεύσσει;

ΤΑΛΘΥΒΙΟΣ

ἔχει πότμος νιν, ὥστ᾽ ἀπηλλάχθαι πόνων.   270

ΕΚΑΒΗ

τί δ᾽ ἁ τοῦ χαλκεομήστορος Ἕκτορος δάμαρ,
Ἀνδρομάχα τάλαινα, τίν᾽ ἔχει τύχαν;

ΤΑΛΘΥΒΙΟΣ

καὶ τήνδ᾽ Ἀχιλλέως ἔλαβε παῖς ἐξαίρετον.

ΕΚΑΒΗ

ἐγὼ δὲ τῷ
πρόσπολος ἁ τριτοβάμονος χερὶ   275
δευομένα βάκτρου γεραιῷ κάρᾳ;

ΤΑΛΘΥΒΙΟΣ

Ἰθάκης Ὀδυσσεὺς ἔλαχ᾽ ἄναξ δούλην σ᾽ ἔχειν.

HÉCUBA

Ai de mim! Dei à luz a serva de um sepulcro.   265
Mas te referes a que lei
ou rito grego, amigo?

TALTÍBIO

Tua filha é um ser afortunado. Ela está ótima.

HÉCUBA

O que estás proclamando? Ela ainda vê o sol?

TALTÍBIO

A sina cuida de que a lida não a atinja.   270

HÉCUBA

E o que ocorreu com a mulher do bronzibélico
Heitor, qual o destino da infeliz Andrômaca?

TALTÍBIO

O filho do Aquileu foi quem a escolheu.[21]

HÉCUBA

E eu a quem...
a quem hei de servir, um ente que carece   275
do arrimo de um terceiro membro, uma bengala?

TALTÍBIO

Coube-te ser escrava de Odisseu itácio.

---

[21] Neoptólemo.

ΕΚΑΒΗ

ἒ ἔ.

ἄρασσε κρᾶτα κούριμον,

ἕλκ᾽ ὀνύχεσσι δίπτυχον παρειάν.   280

ἰώ μοί μοι.

μυσαρῷ δολίῳ λέλογχα φωτὶ δουλεύειν,

πολεμίῳ δίκας, παρανόμῳ δάκει,

ὃς πάντα τἀκεῖθεν ἐνθάδε στρέφει, τὰ δ᾽   285

ἀντίπαλ᾽ αὖθις ἐκεῖσε διπτύχῳ γλώσσᾳ

φίλα τὰ πρότερ᾽ ἄφιλα τιθέμενος πάντων.

γοᾶσθ᾽, ὦ Τρῳάδες, με.

βέβακα δύσποτμος. οἴχομαι ἁ

τάλαινα, δυστυχεστάτῳ   290

προσέπεσον κλήρῳ.

ΧΟΡΟΣ

τὸ μὲν σὸν οἶσθα, πότνια, τὰς δ᾽ ἐμὰς τύχας

τίς ἆρ᾽ Ἀχαιῶν ἢ τίς Ἑλλήνων ἔχει;

ΤΑΛΘΥΒΙΟΣ

ἴτ᾽, ἐκκομίζειν δεῦρο Κασάνδραν χρεὼν

ὅσον τάχιστα, δμῶες, ὡς στρατηλάτῃ   295

ἐς χεῖρα δούς νιν, εἶτα τὰς εἰληγμένας

καὶ τοῖσιν ἄλλοις αἰχμαλωτίδων ἄγω.

ἔα· τί πεύκης ἔνδον αἴθεται σέλας;

πιμπρᾶσιν — ἢ τί δρῶσι — Τρῳάδες μυχούς,

ὡς ἐξάγεσθαι τῆσδε μέλλουσαι χθονὸς   300

πρὸς Ἄργος, αὑτῶν τ᾽ ἐκπυροῦσι σώματα

θανεῖν θέλουσαι; κάρτα τοι τοὐλεύθερον

ἐν τοῖς τοιούτοις δυσλόφως φέρει κακά.

42

HÉCUBA

Ai!
Ai! Golpeia a cabeça tosqueada!
Lacera as rugas de teu rosto com as unhas!   280
Ai de mim!
Tocou-me a sorte de servir a um ser que o dolo
macula, adverso ao justo, fera antilei.
Com língua dupla, faz de tudo   285
o seu contrário,
aqui o que era ali, e ali de novo,
do outrora amigo em tudo faz hostil.
Chorai por mim, troianas!
Avanço na desdita, tombo na mais mal-   290
sinada sorte.

CORO

Conheces pelo menos teu destino, rainha,
e quanto a mim, que sei? Que grego, aqueu, me tem?

TALTÍBIO

Ide buscar Cassandra, fâmulos, trazei-a
aqui o quanto antes! Cabe-me entregá-la   295
ao comandante e então cuidar de que as demais
prisioneiras sorteadas cheguem a seus chefes.
Mas que fulgor de tocha é esse que arde dentro?
O que elas fazem? Incendeiam suas câmaras?
Prestes a serem conduzidas para Argos[22]   300
metem fogo no corpo ansiando a morte?
Em circunstância assim, quem vive em liberdade
suporta muito mal o jugo no pescoço.

---

[22] Cidade de Agamêmnon.

ἄνοιγ᾽ ἄνοιγε, μὴ τὸ ταῖσδε πρόσφορον
ἐχθρὸν δ᾽ Ἀχαιοῖς εἰς ἔμ᾽ αἰτίαν βάλῃ.   305

ΕΚΑΒΗ

οὐκ ἔστιν, οὐ πιμπρᾶσιν, ἀλλὰ παῖς ἐμὴ
μαινὰς θοάζει δεῦρο Κασάνδρα δρόμῳ.

ΚΑΣΑΝΔΡΑ

Ἄνεχε· πάρεχε.
φῶς φέρ᾽, ὤ· σέβω· φλέγω — ἰδού, ἰδού —
λαμπάσι τόδ᾽ ἱερόν. ὦ Ὑμέναι᾽ ἄναξ·   310
μακάριος ὁ γαμέτας·
μακαρία δ᾽ ἐγὼ βασιλικοῖς λέκτροις
κατ᾽ Ἄργος ἁ γαμουμένα.
Ὑμήν, ὦ Ὑμέναι᾽ ἄναξ.
ἐπεὶ σύ, μᾶτερ, ἐπὶ δάκρυσι καὶ   315
γόοισι τὸν θανόντα πατέρα πατρίδα τε
φίλαν καταστένουσ᾽ ἔχεις,
ἐγὼ δ᾽ ἐπὶ γάμοις ἐμοῖς
ἀναφλέγω πυρὸς φῶς   320
ἐς αὐγάν, ἐς αἴγλαν,
διδοῦσ᾽, ὦ Ὑμέναιε, σοί,
διδοῦσ᾽, ὦ Ἑκάτα, φάος,
παρθένων ἐπὶ λέκτροις
ᾇ νόμος ἔχει.

Abri a tenda, pois não quero ser culpado
do que é odioso aos dânaos e a elas vantajoso.   305

HÉCUBA

Não se trata de incêndio, mas é a minha filha
Cassandra que delira ao vir correndo aqui.

(Cassandra sai de uma das tendas e entra em cena.)

CASSANDRA

Ergue! Soergue! Porta a flama! Oh! Venero, ilumino
o templo com a tocha.   Estr.
Hímen, senhor das núpcias, mira, olha![23]   310
Esposo venturoso,
aventurada eu mesma ao leito régio
consumando o esponsal em Argos.
Hímen, senhor das núpcias!
Lamentas, mãe, em pranto e agonia,   315
meu pai que jaz e o país natal
que adoro.
E quanto a mim, por meu enlace,
inflamo acima o fogo que fulgura   320
para o esplendor, para o esplendor,
meu dom a ti, Himeneu,
meu dom a ti, Hécate,[24]
como é de praxe
em bodas de donzelas.

---

[23] Hímen, deus tutelar do casamento.

[24] Filha de Perseu e Astéria (*Teogonia*, 411), Hécate é associada ao mundo da magia e ao universo subterrâneo. É eventualmente identificada com Perséfone.

πάλλε πόδα.   325
αἰθέριον ἄναγε χορόν· εὐᾶν, εὐοῖ·
ὡς ἐπὶ πατρὸς ἐμοῦ μακαριωτάταις
τύχαις· ὁ χορὸς ὅσιος.
ἄγε σύ, Φοῖβε, νῦν· κατὰ σὸν ἐν δάφναις
ἀνάκτορον θυηπολῶ,   330
Ὑμήν, ὦ Ὑμέναι᾽, Ὑμήν.
χόρευε, μᾶτερ, ἀναγέλασον·
ἕλισσε τᾷδ᾽ ἐκεῖσε μετ᾽ ἐμέθεν ποδῶν
φέρουσα φιλτάταν βάσιν.
βοάσαθ᾽ Ὑμέναιον, ὦ,   335
μακαρίαις ἀοιδαῖς
ἰαχαῖς τε νύμφαν.
ἴτ᾽, ὦ καλλίπεπλοι Φρυγῶν
κόραι, μέλπετ᾽ ἐμῶν γάμων
τὸν πεπρωμένον εὐνᾷ   340
πόσιν ἐμέθεν.

ΧΟΡΟΣ

βασίλεια, βακχεύουσαν οὐ λήψῃ κόρην,
μὴ κοῦφον αἴρῃ βῆμ᾽ ἐς Ἀργείων στρατόν;

ΕΚΑΒΗ

Ἥφαιστε, δᾳδουχεῖς μὲν ἐν γάμοις βροτῶν,
ἀτὰρ λυγράν γε τήνδ᾽ ἀναιθύσσεις φλόγα
ἔξω τε μεγάλων ἐλπίδων. οἴμοι, τέκνον,   345
ὡς οὐχ ὑπ᾽ αἰχμῆς σ᾽ οὐδ᾽ ὑπ᾽ Ἀργείου δορὸς
γάμους γαμεῖσθαι τούσδ᾽ ἐδόξαζόν ποτε.
παράδος ἐμοὶ φῶς· οὐ γὰρ ὀρθὰ πυρφορεῖς
μαινὰς θοάζουσ᾽, οὐδέ σ᾽ αἱ τύχαι, τέκνον,
† ἐσωφρονήκασ᾽ †, ἀλλ᾽ ἔτ᾽ ἐν ταὐτῷ μένεις.   350

Agita os pés no ar,   Ant.
conduz o coro! Evoé! Evoá!,
como no acaso favorável quando o pai
mais jubilava. A dança é sacra.
À frente, Febo, agora! Entre loureiros,
em teu santuário sacrifico.   330
Hímen, Hímen, Himeneu!
Dança, mãe,
volteia os passos pelo espaço,
compassa com os meus
teus pés tão gráceis.   335
Invocai Himeneu, oh!,
invocai a donzela,
em cantares, clamores de alegria!
Moças frígias belivestidas,
cantai o esposo   340
fadado ao leito de meu casamento.

CORO
Retém a moça dionisíaca, rainha,
a fim de que não leve os leves pés aos dânaos.

HÉCUBA
Portas o archote, Hefesto, no esponsal dos homens,
mas hoje acendes esta flama entristecida
alheia às magnitudes ansiadas. Filha,   345
jamais te imaginei casada em casamento
assim sob hasta ou lança argiva. Vai! Entrega
a flama para mim, pois é inadequado
alçar o fogo em fúria mênade. O revés
bloqueia tua sensatez. Estás no estado   350

ἐσφέρετε πεύκας, δάκρυά τ' ἀνταλλάξατε
τοῖς τῆσδε μέλεσι, Τρωάδες, γαμηλίοις.

ΚΑΣΑΝΔΡΑ

μῆτερ, πύκαζε κρᾶτ' ἐμὸν νικηφόρον,
καὶ χαῖρε τοῖς ἐμοῖσι βασιλικοῖς γάμοις·
καὶ πέμπε, κἂν μὴ τἀμά σοι πρόθυμά γ' ᾖ,   355
ὤθει βιαίως· εἰ γὰρ ἔστι Λοξίας,
Ἑλένης γαμεῖ με δυσχερέστερον γάμον
ὁ τῶν Ἀχαιῶν κλεινὸς Ἀγαμέμνων ἄναξ.
κτενῶ γὰρ αὐτόν, κἀντιπορθήσω δόμους
ποινὰς ἀδελφῶν καὶ πατρὸς λαβοῦσ' ἐμοῦ...   360
ἀλλ' ἅττ' ἐάσω· πέλεκυν οὐχ ὑμνήσομεν,
ὃς ἐς τράχηλον τὸν ἐμὸν εἶσι χἀτέρων·
μητροκτόνους τ' ἀγῶνας, οὓς οὑμοὶ γάμοι
θήσουσιν, οἴκων τ' Ἀτρέως ἀνάστασιν.
πόλιν δὲ δείξω τήνδε μακαριωτέραν   365
ἢ τοὺς Ἀχαιούς, ἔνθεος μέν, ἀλλ' ὅμως
τοσόνδε γ' ἔξω στήσομαι βακχευμάτων·
οἳ διὰ μίαν γυναῖκα καὶ μίαν Κύπριν,
θηρῶντες Ἑλένην, μυρίους ἀπώλεσαν.
ὁ δὲ στρατηγὸς ὁ σοφὸς ἐχθίστων ὕπερ   370
τὰ φίλτατ' ὤλεσ', ἡδονὰς τὰς οἴκοθεν
τέκνων ἀδελφῷ δοὺς γυναικὸς οὕνεκα,
καὶ ταῦθ' ἑκούσης κοὐ βίᾳ λελῃσμένης.
ἐπεὶ δ' ἐπ' ἀκτὰς ἤλυθον Σκαμανδρίους,
ἔθνῃσκον, οὐ γῆς ὅρι' ἀποστερούμενοι   375

de antes. Levai a tocha, troicas, respondei
com pranto ao canto esponsalício de Cassandra.

CASSANDRA

Mãe, cinge-me a cabeça vitoriosa, alegra-te
com minhas núpcias régias. Guia-me, caso eu
careça aos olhos teus de ardor, usa de força   355
ao me impelir. Se o Oblíquo existir de fato,[25]
o magno Agamêmnon, chefe aqueu, celebra
um casamento mais funesto que o de Helena,
pois o assassinarei, devastarei seu lar,
vingando-me de meus irmãos e de meu pai.   360
Mas paro por aqui. Não hinearei a acha
que me rompe a cerviz, não só a minha, as lutas
matricidas, que meu consórcio haverá
de suscitar, a destruição da casa atrida.
Hei de mostrar que a urbe teucra é mais feliz   365
do que os aqueus. Há um deus em mim, mas me coloco
fora do dionisismo enquanto for preciso.
Por culpa de uma só mulher, de uma só Cípris,[26]
caçam Helena, matam muitos. O grão chefe,
um sabedor, pôs a perder o mais precioso   370
pelo que é mais odioso: sacrifica a prole,[27]
prazer do lar, em prol do irmão, por uma fêmea
que agiu como queria, nunca constrangida.[28]
Os que chegaram junto às fímbrias do Escamandro
morriam, não porque privados da cidade   375

---

[25] Oblíquo traduz Lóxias, epíteto de Apolo.

[26] Afrodite.

[27] Alusão a Ifigênia, sacrificada pelo pai, Agamêmnon.

[28] Helena.

οὐδ' ὑψίπυργον πατρίδ'· οὓς δ' Ἄρης ἕλοι,
οὐ παῖδας εἶδον, οὐ δάμαρτος ἐν χεροῖν
πέπλοις συνεστάλησαν, ἐν ξένῃ δὲ γῇ
κεῖνται. τὰ δ' οἴκοι τοῖσδ' ὅμοι' ἐγίγνετο·
χῆραί τ' ἔθνῃσκον, οἱ δ' ἄπαιδες ἐν δόμοις   380
ἄλλοις τέκν' ἐκθρέψαντες· οὐδὲ πρὸς τάφοις
ἔσθ' ὅστις αὐτῶν αἷμα γῇ δωρήσεται.
ἦ τοῦδ' ἐπαίνου τὸ στράτευμ' ἐπάξιον. —
σιγᾶν ἄμεινον τᾀσχρά, μηδὲ μοῦσά μοι
γένοιτ' ἀοιδὸς ἥτις ὑμνήσει κακά.   385
Τρῶες δὲ πρῶτον μέν, τὸ κάλλιστον κλέος,
ὑπὲρ πάτρας ἔθνῃσκον· οὓς δ' ἕλοι δόρυ,
νεκροί γ' ἐς οἴκους φερόμενοι φίλων ὕπο
ἐν γῇ πατρῴᾳ περιβολὰς εἶχον χθονός,
χερσὶν περισταλέντες ὧν ἐχρῆν ὕπο·   390
ὅσοι δὲ μὴ θάνοιεν ἐν μάχῃ Φρυγῶν,
ἀεὶ κατ' ἦμαρ σὺν δάμαρτι καὶ τέκνοις
ᾤκουν, Ἀχαιοῖς ὧν ἀπῆσαν ἡδοναί.
τὰ δ' Ἕκτορός σοι λύπρ' ἄκουσον ὡς ἔχει·
δόξας ἀνὴρ ἄριστος οἴχεται θανών,   395
καὶ τοῦτ' Ἀχαιῶν ἵξις ἐξεργάζεται·
εἰ δ' ἦσαν οἴκοι, χρηστὸς ὢν ἐλάνθανεν.
Πάρις δ' ἔγημε τὴν Διός· γήμας δὲ μή,
σιγώμενον τὸ κῆδος εἶχεν ἐν δόμοις.
φεύγειν μὲν οὖν χρὴ πόλεμον ὅστις εὖ φρονεῖ·   400
εἰ δ' ἐς τόδ' ἔλθοι, στέφανος οὐκ αἰσχρὸς πόλει
καλῶς ὀλέσθαι, μὴ καλῶς δὲ δυσκλεές.
ὧν οὕνεκ' οὐ χρή, μῆτερ, οἰκτίρειν σε γῆν,
οὐ τἀμὰ λέκτρα· τοὺς γὰρ ἐχθίστους ἐμοὶ
καὶ σοὶ γάμοισι τοῖς ἐμοῖς διαφθερῶ.   405

de altas torres ou dos confins da terra; vítimas
de Ares, não veem os filhos, nem as mãos da esposa
nos peplos os envolvem, estirados sobre
terreno alheio. O mesmo se lhes dá em casa:
viúvas morrem, pais sem filhos nas moradas,   380
depois de os ter criado para os outros, nem
há quem oferte o sangue à beira do sepulcro.
Uma campanha meritória de louvor.
Melhor calar o torpe, e a Musa para mim
evite ser cantora que hineie o vil.   385
Troicos morriam — glória de beleza ímpar —
pelo país natal. Quem sucumbisse à lança
tinha seu corpo morto transportado ao lar
por sócios, onde o solo o acolhia. Mãos
zelosas se entregavam ao que era de praxe.   390
Os frígios não caídos em batalha, sempre,
dia após dia, conviviam com mulher
e filhos, um prazer que aqueus desconheciam.
Ouve a sina de Heitor, merecedor de pranto:
morreu depois de conquistar a fama de *áristos*,   395
de ás, haurida com a vinda dos aqueus.
Incógnito o seu valor, ficassem em seus lares.
Com a filha de Zeus, casou-se Páris; caso
contrário, o parentesco permaneceria
calado em casa. Quem pondera evita a guerra,   400
mas se a ela vai, não é uma coroa torpe
a bela morte pela pólis; a não bela
envilece. Por isso, mãe, não chores Troia,
tampouco minha cama, pois destruirei
com minhas núpcias, por nós duas, quem odiamos.   405

ΧΟΡΟΣ

ὡς ἡδέως κακοῖσιν οἰκείοις γελᾷς,
μέλπεις θ' ἃ μέλπουσ' οὐ σαφῆ δείξεις ἴσως.

ΤΑΛΘΥΒΙΟΣ

εἰ μή σ' Ἀπόλλων ἐξεβάκχευεν φρένας,
οὔ τἂν ἀμισθὶ τοὺς ἐμοὺς στρατηλάτας
τοιαῖσδε φήμαις ἐξέπεμπες ἂν χθονός.   410
ἀτὰρ τὰ σεμνὰ καὶ δοκήμασιν σοφὰ
οὐδέν τι κρείσσω τῶν τὸ μηδὲν ἦν ἄρα.
ὁ γὰρ μέγιστος τῶν Πανελλήνων ἄναξ,
Ἀτρέως φίλος παῖς, τῆσδ' ἔρωτ' ἐξαίρετον
μαινάδος ὑπέστη· καὶ πένης μέν εἰμ' ἐγώ,   415
ἀτὰρ λέχος γε τῆσδ' ἂν οὐκ ἐκτησάμην.
καὶ σοὶ μέν — οὐ γὰρ ἀρτίας ἔχεις φρένας —
Ἀργεῖ' ὀνείδη καὶ Φρυγῶν ἐπαινέσεις
ἀνέμοις φέρεσθαι παραδίδωμ'· ἕπου δέ μοι
πρὸς ναῦς, καλὸν νύμφευμα τῷ στρατηλάτῃ.   420
σὺ δ', ἡνίκ' ἄν σε Λαρτίου χρῄζῃ τόκος
ἄγειν, ἕπεσθαι· σώφρονος δ' ἔσῃ λάτρις
γυναικός, ὥς φασ' οἱ μολόντες Ἴλιον.

ΚΑΣΑΝΔΡΑ

ἦ δεινὸς ὁ λάτρις. τί ποτ' ἔχουσι τοὔνομα
κήρυκες, ἓν ἀπέχθημα πάγκοινον βροτοῖς,   425
οἱ περὶ τυράννους καὶ πόλεις ὑπηρέται;
σὺ τὴν ἐμὴν φῂς μητέρ' εἰς Ὀδυσσέως
ἥξειν μέλαθρα; ποῦ δ' Ἀπόλλωνος λόγοι,

CORO

Como ris com prazer da própria adversidade,
mas cantas a canção que há de mostrar-se errada!

TALTÍBIO

Não fosse Apolo dionisar a tua mente,
serias recompensada pelos comandantes,
por expulsá-los com as tuas profecias,   410
mas o que é reputado sábio e venerando
em nada é superior ao que não vale nada,
pois o filho de Atreu, grão-mandatário pan-
helênico, sucumbe a Eros pela mênade
que escolheu. Posso não passar de um homem pobre,   415
mas nunca buscaria relação assim.
Como não tens a mente bem articulada,
confio aos ventos tua opinião contrária
aos dânaos, assim como teu louvor aos frígios.
Me segue até a nau, noiva do general!   420
E quanto a ti, como Odisseu nutre a intenção
de te levar, adiante! A uma mulher razoável
hás de servir, conforme diz quem veio a Troia.

CASSANDRA

O servidor me causa dissabor. Por que
chamam de arauto o atendente do tirano   425
e da cidade, alguém por todos odiado?[29]
Dizes que hão de levar a minha mãe até
o paço itácio. Mas o que dizer do oráculo

---

[29] Em outras peças, Eurípides manifesta também aversão a essa categoria de servidor (cf. *Héracles*, 292-3, e *Orestes*, 888-97).

οἵ φασιν αὐτὴν εἰς ἔμ' ἡρμηνευμένοι
αὐτοῦ θανεῖσθαι;... τἄλλα δ' οὐκ ὀνειδιῶ.   430
δύστηνος, οὐκ οἶδ' οἷά νιν μένει παθεῖν·
ὡς χρυσὸς αὐτῷ τἀμὰ καὶ Φρυγῶν κακὰ
δόξει ποτ' εἶναι. δέκα γὰρ ἐκπλήσας ἔτη
πρὸς τοῖσιν ἐνθάδ', ἵξεται μόνος πάτραν
...
οὗ δὴ στενὸν δίαυλον ᾤκισται πέτρας   435
δεινὴ Χάρυβδις, ὠμοβρώς τ' ὀρειβάτης
Κύκλωψ, Λιγυστίς θ' ἡ συῶν μορφώτρια
Κίρκη, θαλάσσης θ' ἁλμυρᾶς ναυάγια,
λωτοῦ τ' ἔρωτες, Ἡλίου θ' ἁγναὶ βόες,
αἳ σάρκα φωνήεσσαν ἥσουσίν ποτε,   440
πικρὰν Ὀδυσσεῖ γῆρυν. ὡς δὲ συντέμω,
ζῶν εἶσ' ἐς Ἅιδου κἀκφυγὼν λίμνης ὕδωρ
κάκ' ἐν δόμοισι μυρί' εὑρήσει μολών.
ἀλλὰ γὰρ τί τοὺς Ὀδυσσέως ἐξακοντίζω πόνους;
στεῖχ' ὅπως τάχιστ'· ἐς Ἅιδου νυμφίῳ γημώμεθα.   445
ἦ κακὸς κακῶς ταφήσῃ νυκτός, οὐκ ἐν ἡμέρᾳ,
ὦ δοκῶν σεμνόν τι πράσσειν, Δαναϊδῶν ἀρχηγέτα.
κἀμέ τοι νεκρὸν φάραγγες γυμνάδ' ἐκβεβλημένην
ὕδατι χειμάρρῳ ῥέουσαι, νυμφίου πέλας τάφου,
θηρσὶ δώσουσιν δάσασθαι, τὴν Ἀπόλλωνος λάτριν.   450
ὦ στέφη τοῦ φιλτάτου μοι θεῶν, ἀγάλματ' εὔια,
χαίρετ'· ἐκλέλοιφ' ἑορτάς, αἷς πάροιθ' ἠγαλλόμην.
ἴτ' ἀπ' ἐμοῦ χρωτὸς σπαραγμοῖς, ὡς ἔτ' οὖσ' ἁγνὴ χρόα
δῶ θοαῖς αὔραις φέρεσθαί σοι τάδ', ὦ μαντεῖ' ἄναξ.
ποῦ σκάφος τὸ τοῦ στρατηγοῦ; ποῖ ποτ' ἐμβαίνειν με χρή;

54

de Apolo, revelado a mim, que propalava
que morreria aqui? Mas não censuro o resto.   430
Pobre Odisseu, ignora o que padecerá;
ouro há de parecer-lhe o meu revés, e o frígio,
pois uma década se somará à década
em Troia, até alcançar a pátria solitário.

...

onde a horrenda Caríbdis mora, no canal   435
entre os rochedos, e o Ciclope antropófago
dos montes, e a metamorfoseadora Circe
de suínos, e os naufrágios pelo mar salino,
e os amantes de lótus, e a grei do Sol, sacra,
que um dia emitiram som da carne, voz   440
amarga para o herói.[30] Sintetizando os fatos,
ao Hades vai com vida, de onde foge ao mar,
para encontrar em casa muitos dissabores.
Mas por que miro as penas de Odisseu?
Apressa as núpcias com o noivo no Hades!   445
Hão de enterrar-te à noite, miserável,
e não de dia, miseravelmente.
Não há grandeza no que fazes, dânao!
Cadáver nu, a ravina sob o vórtice
há de entregar-me às feras junto à tumba   450
do par, serva de Febo. Adorno de êxtase,
coroa do deus a mim tão caro, adeus!
Sem a aprazível festa, eu te espedaço!
Meu corpo ainda puro, deus profético,
que a brisa o doe a ti! A nau do rei,   455

---

[30] Alusões ao périplo de Odisseu, narrado entre os cantos IX e XII
da *Odisseia* de Homero.

οὐκέτ᾽ ἂν φθάνοις ἂν αὔραν ἱστίοις καραδοκῶν,
ὡς μίαν τριῶν Ἐρινὺν τῇσδέ μ᾽ ἐξάξων χθονός.
χαῖρέ μοι, μῆτερ· δακρύσῃς μηδέν· ὦ φίλη πατρίς,
οἵ τε γῆς ἔνερθ᾽ ἀδελφοὶ χὠ τεκὼν ἡμᾶς πατήρ,
οὐ μακρὰν δέξεσθέ μ᾽· ἥξω δ᾽ ἐς νεκροὺς νικηφόρος   460
καὶ δόμους πέρσασ᾽ Ἀτρειδῶν, ὧν ἀπωλόμεσθ᾽ ὕπο.

ΧΟΡΟΣ
Ἑκάβης γεραιᾶς φύλακες, οὐ δεδόρκατε
δέσποιναν ὡς ἄναυδος ἐκτάδην πίτνει;
οὐκ ἀντιλήψεσθ᾽; ἢ μεθήσετ᾽, ὦ κακαί,
γραῖαν πεσοῦσαν; αἴρετ᾽ εἰς ὀρθὸν δέμας.   465

ἙΚΑΒΗ
ἐᾶτέ μ᾽ — οὔτοι φίλα τὰ μὴ φίλ᾽, ὦ κόραι —
κεῖσθαι πεσοῦσαν· πτωμάτων γὰρ ἄξια
πάσχω τε καὶ πέπονθα κἄτι πείσομαι.
ὦ θεοί... κακοὺς μὲν ἀνακαλῶ τοὺς συμμάχους,
ὅμως δ᾽ ἔχει τι σχῆμα κικλήσκειν θεούς,   470
ὅταν τις ἡμῶν δυστυχῆ λάβῃ τύχην.
πρῶτον μὲν οὖν μοι τἀγάθ᾽ ἐξᾷσαι φίλον·
τοῖς γὰρ κακοῖσι πλείον᾽ οἶκτον ἐμβαλῶ.
ἦμεν τύραννοι κᾆς τύρανν᾽ ἐγημάμην,
κἄνταῦθ᾽ ἀριστεύοντ᾽ ἐγεινάμην τέκνα,   475
οὐκ ἀριθμὸν ἄλλως, ἀλλ᾽ ὑπερτάτους Φρυγῶν·
οὓς Τρῳὰς οὐδ᾽ Ἑλληνὶς οὐδὲ βάρβαρος
γυνὴ τεκοῦσα κομπάσειεν ἄν ποτε.
κἀκεῖνά τ᾽ εἶδον δορὶ πεσόνθ᾽ Ἑλληνικῷ
τρίχας τ᾽ ἐτμήθην τάσδε πρὸς τύμβοις νεκρῶν,   480
καὶ τὸν φυτουργὸν Πρίαμον οὐκ ἄλλων πάρα
κλύουσ᾽ ἔκλαυσα, τοῖσδε δ᾽ εἶδον ὄμμασιν

onde ela está? O vento à vela anseio
mais. Como Erínia, leve-me daqui!
Não chores, mãe! Adeus! Rincão natal,
irmãos que foram, pai que nos gerou,
até mais! Vitoriosa, entre cadáveres,   460
me encontrarei, destruindo o lar atrida.

(Cassandra, Taltíbio e os soldados saem pelo acesso lateral.)

CORO

Guardiãs de Hécuba grisalha, não notais
que a senhora caiu emudecida? Não
a socorreis? Relapsas, evitais erguer
uma anciã prostrada? Levantai seu corpo!   465

HÉCUBA

Deixai-me como estou: o desagrado é ingrato.
O que padeço, padeci e padecerei
é digno, ancilas, do que tomba sobre mim.
Aliados que eu invoco — deuses! — são ineptos,
mas invocá-los nos concede certo ar,   470
quando se arca com o fado malfadado.
Primeiramente, celebrar o bem me apraz,
que assim suscito piedade pelos males.
Rainha, me casei com rei e procriei
aqui a prole egrégia, não um mero número,   475
mas os mais ínclitos da Frígia, que nenhuma
troiana, grega ou bárbara, dirá um dia
ter orgulhosamente dado à luz. Eu mesma
os pude ver tombando sob a lança grega
e pus as mechas dos cabelos sobre as tumbas,   480
e Príamo chorei, não por ouvir falar
sobre seu fim, mas porque o vi eu mesma sobre

αὐτὴ κατασφαγέντ᾽ ἐφ᾽ ἑρκείῳ πυρᾷ,
πόλιν θ᾽ ἁλοῦσαν. ἃς δ᾽ ἔθρεψα παρθένους
ἐς ἀξίωμα νυμφίων ἐξαίρετον,   485
ἄλλοισι θρέψασ᾽ ἐκ χερῶν ἀφῃρέθην.
κοὔτ᾽ ἐξ ἐκείνων ἐλπὶς ὡς ὀφθήσομαι,
αὐτή τ᾽ ἐκείνας οὐκέτ᾽ ὄψομαί ποτε.
τὸ λοίσθιον δέ, θριγκὸς ἀθλίων κακῶν,
δούλη γυνὴ γραῦς Ἑλλάδ᾽ εἰσαφίξομαι.   490
ἃ δ᾽ ἐστὶ γήρᾳ τῷδ᾽ ἀσυμφορώτατα,
τούτοις με προσθήσουσιν, ἢ θυρῶν λάτριν
κλῇδας φυλάσσειν, τὴν τεκοῦσαν Ἕκτορα,
ἢ σιτοποιεῖν, κἂν πέδῳ κοίτας ἔχειν
ῥυσοῖσι νώτοις, βασιλικῶν ἐκ δεμνίων,   495
τρυχηρὰ περὶ τρυχηρὸν εἱμένην χρόα
πέπλων λακίσματ᾽, ἀδόκιμ᾽ ὀλβίοις ἔχειν.
οἲ 'γὼ τάλαινα, διὰ γάμον μιᾶς ἕνα
γυναικὸς οἵων ἔτυχον ὧν τε τεύξομαι.
ὦ τέκνον, ὦ σύμβακχε Κασάνδρα θεοῖς,   500
οἵαις ἔλυσας συμφοραῖς ἄγνευμα σόν.
σύ τ᾽, ὦ τάλαινα, ποῦ ποτ᾽ εἶ, Πολυξένη;
ὡς οὔτε μ᾽ ἄρσην οὔτε θήλεια σπορὰ
πολλῶν γενομένων τὴν τάλαιναν ὠφελεῖ.
τί δῆτά μ᾽ ὀρθοῦτ᾽; ἐλπίδων ποίων ὕπο;   505
ἄγετε τὸν ἁβρὸν δήποτ᾽ ἐν Τροίᾳ πόδα,
νῦν δ᾽ ὄντα δοῦλον, στιβάδα πρὸς χαμαιπετῆ
πέτρινά τε κρήδεμν᾽, ὡς πεσοῦσ᾽ ἀποφθαρῶ
δακρύοις καταξανθεῖσα. τῶν δ᾽ εὐδαιμόνων
μηδένα νομίζετ᾽ εὐτυχεῖν, πρὶν ἂν θάνῃ.   510

ΧΟΡΟΣ
ἀμφί μοι Ἴλιον, ὦ
Μοῦσα, καινῶν ὕμνων

a lareira do altar em casa, degolado,
e a urbe subjugada. E as filhas que criei
com tanto apuro, orgulho dos consortes ínclitos, 485
criei inutilmente, pois de mim arrancam.
Não nutro a expectativa de que elas me vejam,
nem que eu um dia as possa reencontrar, jamais.
E quanto a mim, o sumo dos meus tristes males
é ser levada velha e escrava rumo à Grécia. 490
E ao que há de vil a alguém de minha idade irão
me destinar: guardiã das chaves dos portais
da entrada, eu, a mãe de Heitor, se não tiver
de sovar pão, e acomodar no chão o dorso
encarquilhado, em lugar do leito régio, 495
cobrindo o corpo roto com andrajos rotos,
que o próspero enverga indecorosamente.
Por causa do consórcio de uma só mulher,
o que se me destina e há de destinar-se!
Ó Cassandra, dionísia por querer dos numes, 500
por qual desgraça desataste a castidade?
E tu, por onde andas, triste Polixena?
A prole masculina, a prole feminina,
de tantas que gerei, nenhuma ajuda a mísera.
Por que me erguer? Fazê-lo em função do quê? 505
Guiai meu pé, tão elegante em Troia outrora,
escravo agora, às folhas que há no chão, ao manto
pétreo, a fim de que eu, caindo acima, em lágrimas
me consumindo, deixe a vida. Erra quem pensa
que o próspero é feliz antes de falecer. 510

CORO
No círculo de Ílion, Musa, Estr.
imersa em lágrimas,

ἄεισον ἐν δακρύοις ᾠδὰν ἐπικήδειον·
νῦν γὰρ μέλος ἐς Τροίαν ἰαχήσω,   515
τετραβάμονος ὡς ὑπ' ἀπήνας
Ἀργείων ὀλόμαν τάλαινα δοριάλωτος,
ὅτ' ἔλιπον ἵππον οὐράνια
βρέμοντα χρυσεοφάλαρον ἔνο-   520
πλον ἐν πύλαις Ἀχαιοί·
ἀνὰ δ' ἐβόασεν λεὼς
Τρῳάδος ἀπὸ πέτρας σταθείς·
Ἴτ', ὦ πεπαυμένοι πόνων,
τόδ' ἱερὸν ἀνάγετε ξόανον   525
Ἰλιάδι Διογενεῖ κόρᾳ.
τίς οὐκ ἔβα νεανίδων,
τίς οὐ γεραιὸς ἐκ δόμων;
κεχαρμένοι δ' ἀοιδαῖς
δόλιον ἔσχον ἄταν.   530

πᾶσα δὲ γέννα Φρυγῶν
πρὸς πύλας ὡρμάθη,
πεύκᾳ ἐν οὐρεΐᾳ ξεστὸν λόχον Ἀργείων
καὶ Δαρδανίας ἄταν θέᾳ δώσων,   535
χάριν ἄζυγος ἀμβροτοπώλου·
κλωστοῦ δ' ἀμφιβόλοις λίνοιο ναὸς ὡσεὶ
σκάφος κελαινόν, εἰς ἕδρανα
λάινα δάπεδά τε φόνια πατρί-   540
δι Παλλάδος θέσαν θεᾶς.

canta a ode funérea de hinos inéditos.
Ecoarei agora a melodia em Ílion,   515
como o veículo quadripés
ditou-me o fim da vida, mísera, butim argivo,
quando os aqueus deixaram nos portões
o corcel auriadornado,   520
bramindo ao céu, grávido de hoplitas.
Acima grita a gente troica,
estática, da rocha:[31]
"Ao fim do afã,
levai à moça Ilíaca,[32] prole de Zeus,   525
o simulacro sacro."
Que jovem não saiu,
que velho não saiu da moradia?
No júbilo do canto,
retinham a ruína astuciosa.   530

A prole frígia, toda ela, corre aos pórticos,   Ant.
a fim de vislumbrar o embuste argivo
lavrado em pinho da montanha,
revés dardânio   535
e júbilo sem jugo da deusa de potros imorredouros.[33]
Munidos de cordas de linho retorcido,
como casco da nave negra,
depõem-no sobre o mármore da sede da deusa Palas,   540
e sobre o solo pátrio ensanguentado.

---

[31] Supõe-se que o coro retome passagens de um poema perdido, a *Pequena Ilíada*.

[32] Referência a Atena, que tinha um templo em Troia.

[33] Palas Atena.

ἐπὶ δὲ πόνῳ καὶ χαρᾷ
νύχιον ἐπεὶ κνέφας παρῆν,
Λίβυς τε λωτὸς ἐκτύπει
Φρύγιά τε μέλεα, παρθένοι δ᾽   545
ἀέριον ἀνὰ κρότον ποδῶν
βοὰν ἔμελπον εὔφρον᾽, ἐν
δόμοις δὲ παμφαὲς σέλας
πυρὸς μέλαιναν αἴγλαν
ἄκος ἔδωκεν ὕπνῳ.   550

ἐγὼ δὲ τὰν ὀρεστέραν
τότ᾽ ἀμφὶ μέλαθρα παρθένον
Διὸς κόραν ἐμελπόμαν
χοροῖσι· φοινία δ᾽ ἀνὰ   555
πτόλιν βοὰ κατεῖχε Περ-
γάμων ἕδρας· βρέφη δὲ φίλι-
α περὶ πέπλους ἔβαλλε μα-
τρὶ χεῖρας ἐπτοημένας·
λόχου δ᾽ ἐξέβαιν᾽ Ἄρης,   560
κόρας ἔργα Παλλάδος.
σφαγαὶ δ᾽ ἀμφιβώμιοι
Φρυγῶν, ἔν τε δεμνίοις
καράτομος ἐρημία
νεανίδων στέφανον ἔφερεν   565
Ἑλλάδι κουροτρόφον,
Φρυγῶν πατρίδι πένθη.

E quando a noite negra sobrevém
à fadiga e à alegria,
ressoa a flauta líbia
e a melodia frígia, e donzelas   545
sobre o etéreo trom dos pés
entoam o tom do regozijo,
e nas moradas o fulgor
pleniflâmeo do fogo
concede ao sono o rútilo negror.   550

E então eu celebrava em coro,   Ep.
no círculo da casa,
a virgem das montanhas,
filha de Zeus.[34] Urlo rubro   555
urbe acima
ocupa os domicílios de Pérgamo.[35]
Crianças tenras avançavam mãos de pavor
sobre os peplos das mães.
Ares deixava a atalaia,   560
obra de Palas casta.
Animais degolados circundam altares
frígios. Nos leitos
a solidão decapitada
levava a grinalda de moças   565
à Grécia nutriz de jovens,
lutuosa à pátria frígia.

(Hécuba se levanta. Chega Andrômaca num coche, com Astiánax.)

---

[34] Ártemis.

[35] Denominação da acrópole troiana.

Ἑκάβη, λεύσσεις τήνδ' Ἀνδρομάχην
ξενικοῖς ἐπ' ὄχοις πορθμευομένην;
παρὰ δ' εἰρεσίᾳ μαστῶν ἕπεται   570
φίλος Ἀστυάναξ, Ἕκτορος ἶνις.
ποῖ ποτ' ἀπήνης νώτοισι φέρῃ,
δύστανε γύναι, πάρεδρος χαλκέοις
Ἕκτορος ὅπλοις σκύλοις τε Φρυγῶν
δοριθηράτοις,
οἷσιν Ἀχιλλέως παῖς Φθιώτας   575
στέψει ναοὺς ἀπὸ Τροίας;

ΑΝΔΡΟΜΑΧΗ
Ἀχαιοὶ δεσπόται μ' ἄγουσιν.

ΕΚΑΒΗ
οἴμοι.

ΑΝΔΡΟΜΑΧΗ
τί παιᾶν' ἐμὸν στενάζεις;

ΕΚΑΒΗ
αἰαῖ —

ΑΝΔΡΟΜΑΧΗ
τῶνδ' ἀλγέων —

ΕΚΑΒΗ
ὦ Ζεῦ —   580

ΑΝΔΡΟΜΑΧΗ
καὶ συμφορᾶς.

Hécuba, vês Andrômaca
conduzida num coche alienígena?
Junto aos seios que pulsam, Astiánax,   570
renovo heitóreo, a acompanha.
Para onde és levada no dorso de um carro,
dama infeliz, sentada junto às armas
brônzeas de Heitor e dos espólios frígios,
presa da lança?
O filho do Aquileu coroará com eles,   575
ao retornar de Troia, os templos em Ftia?

ANDRÔMACA
Os chefes dânaos levam-me daqui.

HÉCUBA
Ai!

ANDRÔMACA
Meu canto lúgubre, por que o suspiras?

HÉCUBA
Ai!

ANDRÔMACA
E as minhas dores?

HÉCUBA
Ó Zeus!   580

ANDRÔMACA
E o meu revés?

ἙΚΑΒΗ
τέκεα,

ἈΝΔΡΟΜΑΧΗ
πρίν ποτ' ἦμεν.

ἙΚΑΒΗ
βέβακ' ὄλβος, βέβακε Τροία

ἈΝΔΡΟΜΑΧΗ
τλάμων.

ἙΚΑΒΗ
ἐμῶν τ' εὐγένεια παίδων.

ἈΝΔΡΟΜΑΧΗ
φεῦ φεῦ.

ἙΚΑΒΗ
φεῦ δῆτ' ἐμῶν

ἈΝΔΡΟΜΑΧΗ
κακῶν.

ἙΚΑΒΗ
οἰκτρὰ τύχα   585

ἈΝΔΡΟΜΑΧΗ
πόλεος,

ἙΚΑΒΗ
ἃ καπνοῦται.

HÉCUBA
Filhos...

ANDRÔMACA
fomos um dia.

HÉCUBA
Findou — Troia se foi! — meu fasto.

ANDRÔMACA
Amargura.

HÉCUBA
Da minha prole bem nascida.

ANDRÔMACA
Ai!

HÉCUBA
Ai pelas minhas...

ANDRÔMACA
desventuras.

HÉCUBA
Sina que se lastima...   585

ANDRÔMACA
da cidade...

HÉCUBA
que agora esfuma.

ἈΝΔΡΟΜΑΧΗ

μόλοις, ὦ πόσις, μοι —

ἙΚΑΒΗ

βοᾷς τὸν παρ᾽ Ἅιδα
παῖδ᾽ ἐμόν, ὦ μελέα.

ἈΝΔΡΟΜΑΧΗ

σᾶς δάμαρτος ἄλκαρ.   590

ἙΚΑΒΗ

σύ τ᾽, ὦ λῦμ᾽ Ἀχαιῶν,
τέκνων δέσποθ᾽ ἁμῶν,
πρεσβυγενὲς Πρίαμε,
κοίμισαί μ᾽ ἐς Ἅιδου.

ἈΝΔΡΟΜΑΧΗ

οἵδε πόθοι μεγάλοι...

ἙΚΑΒΗ

σχετλία, τάδε πάσχομεν ἄλγη.   595

ἈΝΔΡΟΜΑΧΗ

οἰχομένας πόλεως...

ἙΚΑΒΗ

ἐπὶ δ᾽ ἄλγεσιν ἄλγεα κεῖται.

ἈΝΔΡΟΜΑΧΗ

δυσφροσύναισι θεῶν, ὅτε σὸς γόνος ἔκφυγεν Ἅιδαν,
ὃς λεχέων στυγερῶν χάριν ὤλεσε

ANDRÔMACA

Possas chegar, esposo, a mim...

HÉCUBA

Meu filho agora no Hades,
invocas, infeliz.

ANDRÔMACA

Amparo da esposa. 590

HÉCUBA

E tu, dano aos dânaos,
senhor de minha prole,
Príamo ancião,
adormece-me no Hades!

ANDRÔMACA

Imensos são os nossos anseios...

HÉCUBA

Tudo o que padecemos, mísera. 595

ANDRÔMACA

... a pólis dizimada...

HÉCUBA

A dor jazendo em dor.

ANDRÔMACA

... por aversão divina, desde quando
teu filho foge ao Hades, ser que pelo amplexo

πέργαμα Τροίας· αἱματόεντα δὲ
θεᾷ παρὰ Παλλάδι σώματα νεκρῶν
γυψὶ φέρειν τέταται· ζυγὰ δ᾽ ἤνυσε
δούλια Τροίᾳ.   600

ἙΚΑΒΗ
ὦ πατρίς, ὦ μελέα...

ἈΝΔΡΟΜΑΧΗ
καταλειπομέναν σε δακρύω,

ἙΚΑΒΗ
νῦν τέλος οἰκτρὸν ὁρᾷς.

ἈΝΔΡΟΜΑΧΗ
καὶ ἐμὸν δόμον ἔνθ᾽ ἐλοχεύθην.

ἙΚΑΒΗ
ὦ τέκν᾽, ἐρημόπολις μάτηρ ἀπολείπεται ὑμῶν,
οἷος ἰάλεμος, οἷά τε πένθη
δάκρυά τ᾽ ἐκ δακρύων καταλείβεται   605
ἁμετέροισι δόμοις· ὁ θανὼν δ᾽ ἐπι-
λάθεται ἀλγέων ἀδάκρυτος.

ΧΟΡΟΣ
ὡς ἡδὺ δάκρυα τοῖς κακῶς πεπραγόσι
θρήνων τ᾽ ὀδυρμοὶ μοῦσά θ᾽ ἢ λύπας ἔχει.

estígeo mata a pétrea Ílion.[36] Corpos mortos
sangrando enfileirados, junto à deusa Palas,
à espera dos abutres, que os transportem.
A Troia propiciou o jugo escravo.   600

HÉCUBA
Ó pátria, ó infeliz...

ANDRÔMACA
Choro-te agora abandonada.

HÉCUBA
Vês o fim deplorável.

ANDRÔMACA
E eu a morada onde procriei.

HÉCUBA
Na ausência da cidade, a mãe se evade, filhos.
Quanto lamento! Quanto sofrimento!
As lágrimas decaem das lágrimas   605
em nossas moradias. Do padecimento
só quem morreu esquece... ilácrimo.

CORO
Como chorar é doce a quem sofre revés,
e o lúgubre lamento, e o poema em que haja dor!

---

[36] Como na *Andrômaca* (v. 103 ss.), a personagem responsabiliza
Páris pela queda de Troia.

ΑΝΔΡΟΜΑΧΗ

ὦ μῆτερ ἀνδρός, ὅς ποτ' Ἀργείων δορὶ   610
πλείστους διώλεσ', Ἕκτορος, τάδ' εἰσορᾷς;

ΕΚΑΒΗ

ὁρῶ τὰ τῶν θεῶν, ὡς τὰ μὲν πυργοῦσ' ἄνω
τὸ μηδὲν ὄντα, τὰ δὲ δοκοῦντ' ἀπώλεσαν.

ΑΝΔΡΟΜΑΧΗ

ἀγόμεθα λεία σὺν τέκνῳ· τὸ δ' εὐγενὲς
ἐς δοῦλον ἥκει, μεταβολὰς τοσάσδ' ἔχον.   615

ΕΚΑΒΗ

τὸ τῆς ἀνάγκης δεινόν· ἄρτι κἀπ' ἐμοῦ
βέβηκ' ἀποσπασθεῖσα Κασάνδρα βίᾳ.

ΑΝΔΡΟΜΑΧΗ

φεῦ φεῦ·
ἄλλος τις Αἴας, ὡς ἔοικε, δεύτερος
παιδὸς πέφηνε σῆς. νοσεῖς δὲ χἄτερα.

ΕΚΑΒΗ

ὧν γ' οὔτε μέτρον οὔτ' ἀριθμός ἐστί μοι·   620
κακῷ κακὸν γὰρ εἰς ἅμιλλαν ἔρχεται.

ΑΝΔΡΟΜΑΧΗ

τέθνηκέ σοι παῖς πρὸς τάφῳ Πολυξένη
σφαγεῖσ' Ἀχιλλέως, δῶρον ἀψύχῳ νεκρῷ.

ΕΚΑΒΗ

οἲ 'γὼ τάλαινα. τοῦτ' ἐκεῖν' ὅ μοι πάλαι
Ταλθύβιος αἴνιγμ' οὐ σαφῶς εἶπεν σαφές.   625

72

ANDRÔMACA

Ó mãe do herói Heitor, lanceiro algoz de inúmeros   610
argivos no passado, vês o que acontece?

HÉCUBA

Eu vejo o que nos dão os deuses, que alçam no alto
o que não tem valor e arruínam o estimável.

ANDRÔMACA

Butim, sou removida com meu filho. O nobre
sucumbe à escravidão, em grande mutação.   615

HÉCUBA

Ananke, o que se impõe, é aterrador. Há pouco
arrancaram de mim Cassandra, brutalmente.

ANDRÔMACA

Ai!
Um outro Ájax, me parece, um segundo,
apareceu à tua filha. E sofres mais.

HÉCUBA

Algo impossível de medir e calcular.   620
A um mal se soma outro com o qual compete.

ANDRÔMACA

Sobre a tumba de Aquiles, Polixena foi
degolada, oferenda para o corpo exânime.

HÉCUBA

Ai! Infeliz! Agora é claro o enigma nada
claro comunicado há pouco por Taltíbio!   625

ΑΝΔΡΟΜΑΧΗ

εἶδόν νιν αὐτή, κἀποβᾶσα τῶνδ᾽ ὄχων
ἔκρυψα πέπλοις κἀπεκοψάμην νεκρόν.

ΕΚΑΒΗ

αἰαῖ, τέκνον, σῶν ἀνοσίων προσφαγμάτων·
αἰαῖ μάλ᾽ αὖθις, ὡς κακῶς διόλλυσαι.

ΑΝΔΡΟΜΑΧΗ

ὄλωλεν ὡς ὄλωλεν· ἀλλ᾽ ὅμως ἐμοῦ   630
ζώσης γ᾽ ὄλωλεν εὐτυχεστέρῳ πότμῳ.

ΕΚΑΒΗ

οὐ ταὐτόν, ὦ παῖ, τῷ βλέπειν τὸ κατθανεῖν·
τὸ μὲν γὰρ οὐδέν, τῷ δ᾽ ἔνεισιν ἐλπίδες.

ΑΝΔΡΟΜΑΧΗ

ὦ μῆτερ, † ὦ τεκοῦσα †, κάλλιστον λόγον
ἄκουσον, ὥς σοι τέρψιν ἐμβαλῶ φρενί.   635
τὸ μὴ γενέσθαι τῷ θανεῖν ἴσον λέγω,
τοῦ ζῆν δὲ λυπρῶς κρεῖσσόν ἐστι κατθανεῖν.
ἀλγεῖ γὰρ οὐδὲν † τῶν κακῶν ᾐσθημένος· †
ὁ δ᾽ εὐτυχήσας ἐς τὸ δυστυχὲς πεσὼν
ψυχὴν ἀλᾶται τῆς πάροιθ᾽ εὐπραξίας.   640
κείνη δ᾽, ὁμοίως ὥσπερ οὐκ ἰδοῦσα φῶς,
τέθνηκε κοὐδὲν οἶδε τῶν αὑτῆς κακῶν.
ἐγὼ δὲ τοξεύσασα τῆς εὐδοξίας
λαχοῦσα πλεῖον τῆς τύχης ἡμάρτανον.
ἃ γὰρ γυναιξὶ σώφρον᾽ ἔσθ᾽ ηὑρημένα,   645
ταῦτ᾽ ἐξεμόχθουν Ἕκτορος κατὰ στέγας.
πρῶτον μέν, ἔνθα — κἂν προσῇ κἂν μὴ προσῇ
ψόγος γυναιξίν — αὐτὸ τοῦτ᾽ ἐφέλκεται

ANDRÔMACA

Eu mesma a vi. Desci do coche e encobri
seu corpo com meu peplo. E golpeei meu peito.

HÉCUBA

Ai, filha, vítima de um ímpio sacrifício!
Ai! Ai! Ecoa o lamento. Horror de morte!

ANDRÔMACA

Morreu como morreu, mas, morta, sua sina   630
foi mais bem-sucedida do que a minha, viva.

HÉCUBA

A vida não é igual à morte, pois a morte
é nada, enquanto que na vida há esperança.

ANDRÔMACA

Escuta, mãe augusta, um belo argumento,
que me permita infundir prazer no peito.   635
Direi que não nascer é idêntico a morrer,
mas é melhor morrer do que viver na dor,
pois nada sofre o morto, ao mal ele é insensível;
já quando o afortunado tomba no infortúnio,
sua ânima se priva da alegria prístina.   640
Ela morreu como se não tivesse visto
a luz, sem conhecer os males que eram seus.
Mas eu, que tanto me esmerei pelo renome,
assim que o conquistei, vi me escapar a sorte.
Ao que se concebeu para a mulher sensata,   645
me desdobrava no solar de Heitor. Primeiro
— proceda ou não proceda a crítica à mulher —,
eis o que por si só carreia fama péssima,

κακῶς ἀκούειν, ἥτις οὐκ ἔνδον μένει,
τούτου παρεῖσα πόθον ἔμιμνον ἐν δόμοις·
ἔσω τε μελάθρων κομψὰ θηλειῶν ἔπη
οὐκ εἰσεφρούμην, τὸν δὲ νοῦν διδάσκαλον
οἴκοθεν ἔχουσα χρηστὸν ἐξήρκουν ἐμοί.
γλώσσης τε σιγὴν ὄμμα θ᾽ ἥσυχον πόσει
παρεῖχον· ἤδη δ᾽ ἀμὲ χρῆν νικᾶν πόσιν,
κείνῳ τε νίκην ὧν ἐχρῆν παριέναι.
καὶ τῶνδε κληδὼν ἐς στράτευμ᾽ Ἀχαϊκὸν
ἐλθοῦσ᾽ ἀπώλεσέν μ᾽· ἐπεὶ γὰρ ᾑρέθην,
Ἀχιλλέως με παῖς ἐβουλήθη λαβεῖν
δάμαρτα· δουλεύσω δ᾽ ἐν αὐθεντῶν δόμοις.
κεἰ μὲν παρώσασ᾽ Ἕκτορος φίλον κάρα
πρὸς τὸν παρόντα πόσιν ἀναπτύξω φρένα,
κακὴ φανοῦμαι τῷ θανόντι· τόνδε δ᾽ αὖ
στυγοῦσ᾽ ἐμαυτῆς δεσπόταις μισήσομαι.
καίτοι λέγουσιν ὡς μί᾽ εὐφρόνη χαλᾷ
τὸ δυσμενὲς γυναικὸς εἰς ἀνδρὸς λέχος·
ἀπέπτυσ᾽ αὐτήν, ἥτις ἄνδρα τὸν πάρος
καινοῖσι λέκτροις ἀποβαλοῦσ᾽ ἄλλον φιλεῖ.
ἀλλ᾽ οὐδὲ πῶλος ἥτις ἂν διαζυγῇ
τῆς συντραφείσης, ῥᾳδίως ἕλξει ζυγόν.
καίτοι τὸ θηριῶδες ἄφθογγόν τ᾽ ἔφυ
ξυνέσει τ᾽ ἄχρηστον τῇ φύσει τε λείπεται.
σὲ δ᾽, ὦ φίλ᾽ Ἕκτορ, εἶχον ἄνδρ᾽ ἀρκοῦντά μοι
ξυνέσει γένει πλούτῳ τε κἀνδρείᾳ μέγαν·
ἀκήρατον δέ μ᾽ ἐκ πατρὸς λαβὼν δόμων
πρῶτος τὸ παρθένειον ἐζεύξω λέχος.
καὶ νῦν ὄλωλας μὲν σύ, ναυσθλοῦμαι δ᾽ ἐγὼ
πρὸς Ἑλλάδ᾽ αἰχμάλωτος ἐς δοῦλον ζυγόν.
ἆρ᾽ οὐκ ἐλάσσω τῶν ἐμῶν ἔχειν κακῶν
Πολυξένης ὄλεθρος, ἣν καταστένεις;

no caso de ela achar por bem sair de casa,
onde eu ficava, renunciando à vontade   650
contrária. Não deixava penetrar no lar
o diz-que-diz da alcoviteira, restringindo-me
ao que ditasse a sensatez, por que me guio.
A língua silenciosa e a mirada plácida
oferecia a Heitor, ciente da vitória   655
que deveria conceder-lhe e conquistar.
Minha reputação alcança a tropa aqueia
e me arruína, pois, quando fui presa, o filho
de Aquiles quis que eu fosse sua mulher. Escrava
serei, portanto, na morada de assassinos.   660
Se repelir a testa do querido Heitor
e franquear ao novo esposo a minha ânima,
parecerei cruel ao morto. Se desprezo
o atual, serei odiada por meus proprietários.
Mas dizem que uma noite é suficiente, basta   665
para aliviar a rejeição de uma mulher
pela cama de um homem. Não me apraz quem ama
outro e desdenha o leito antigo já no novo.
Nem mesmo a égua, separada da parelha
com que foi adestrada, arranca o jugo fácil.   670
E o animal não fala, falta-lhe a razão,
e sua natureza está aquém da nossa.
Ah! meu Heitor, em ti encontrei o que sonhava,
ímpar pela nobreza, intelecto agudo,
riqueza e valentia. Intacta, fui contigo,   675
deixando o lar paterno, ao meu primeiro enlace.
Não vives mais, e eu navegarei à Grécia,
na condição de prisioneira subjugada.
O fim de Polixena que deploras não
é inferior aos males que me afligem? Nem   680

ἐμοὶ γὰρ οὐδ' ὃ πᾶσι λείπεται βροτοῖς
ξύνεστιν ἐλπίς, οὐδὲ κλέπτομαι φρένας
πράξειν τι κεδνόν· ἡδὺ δ' ἐστὶ καὶ δοκεῖν.

ΧΟΡΟΣ

ἐς ταὐτὸν ἥκεις συμφορᾶς· θρηνοῦσα δὲ
τὸ σὸν διδάσκεις μ' ἔνθα πημάτων κυρῶ.   685

ἙΚΑΒΗ

αὐτὴ μὲν οὔπω ναὸς εἰσέβην σκάφος,
γραφῇ δ' ἰδοῦσα καὶ κλύουσ' ἐπίσταμαι.
ναύταις γὰρ ἢν μὲν μέτριος ᾗ χειμὼν φέρειν,
προθυμίαν ἔχουσι σωθῆναι πόνων,
ὁ μὲν παρ' οἴαχ', ὁ δ' ἐπὶ λαίφεσιν βεβώς,   690
ὁ δ' ἄντλον εἴργων ναός· ἢν δ' ὑπερβάλῃ
πολὺς ταραχθεὶς πόντος, ἐνδόντες τύχῃ
παρεῖσαν αὐτοὺς κυμάτων δρομήμασιν.
οὕτω δὲ κἀγὼ πόλλ' ἔχουσα πήματα
ἄφθογγός εἰμι καὶ παρεῖσ' ἐῶ στόμα·   695
νικᾷ γὰρ οὐκ θεῶν με δύστηνος κλύδων.
ἀλλ', ὦ φίλη παῖ, τὰς μὲν Ἕκτορος τύχας
ἔασον· οὐ μὴ δάκρυά νιν σώσῃ τὰ σά·
τίμα δὲ τὸν παρόντα δεσπότην σέθεν,
φίλον διδοῦσα δέλεαρ ἀνδρὶ σῶν τρόπων.   700
κἂν δρᾷς τάδ', ἐς τὸ κοινὸν εὐφρανεῖς φίλους
καὶ παῖδα τόνδε παιδὸς ἐκθρέψειας ἂν
Τροίᾳ μέγιστον ὠφέλημ', ἵν' — εἴ ποτε —
ἐκ σοῦ γενόμενοι παῖδες Ἴλιον πάλιν
κατοικίσειαν, καὶ πόλις γένοιτ' ἔτι.   705
ἀλλ' ἐκ λόγου γὰρ ἄλλος ἐκβαίνει λόγος,
τίν' αὖ δέδορκα τόνδ' Ἀχαιϊκὸν λάτριν
στείχοντα καινῶν ἄγγελον βουλευμάτων;

a esperança restou, que é dádiva de todos,
nem iludo a mim mesma com o pensamento
de ser feliz, e há prazer em se iludir.

CORO

A igual ruína te encaminhas. Tua nênia
permite-me entender melhor a minha agrura.   685

HÉCUBA

Jamais pisei na plataforma de um navio,
mas o conheço de pintura e ouvir falar.
A fim de se livrar do dissabor, o nauta
desdobra-se na tempestade moderada.
Há quem se empenhe no timão, há quem desfralde   690
a vela, há quem retire água da sentina.
Se o oceano perturbado encapela, cedem
à sorte e entregam-se ao ímpeto das ondas.
Assim também eu sou em minha dor carpida,
sem uma só palavra a me sair da boca,   695
vencida pelo vagalhão que os deuses lançam.
Querida filha, não insistas no destino
de Heitor, pois não será teu pranto que o trará
de volta. Serve ao déspota atual, arroja
a isca do teu charme sedutor ao homem.   700
Se assim procedes, hás de alegrar, além
de ti, aos teus amigos. Criarás o filho
de um filho meu, benesse para Troia. Quem
sabe se um dia os filhos dele não refazem
Ílion, e a cidadela aflore novamente.   705
Contudo — pois uma palavra leva a outra —,
quem é esse servente aqueu que vejo vir
mais uma vez? Que novas decisões nos traz?

ΤΑΛΘΥΒΙΟΣ

Φρυγῶν ἀρίστου πρίν ποθ᾽ Ἕκτορος δάμαρ,
μή με στυγήσῃς· οὐχ ἑκὼν γὰρ ἀγγελῶ.   710
Δαναῶν δὲ κοινὰ Πελοπιδῶν τ᾽ ἀγγέλματα...

ΑΝΔΡΟΜΑΧΗ

τί δ᾽ ἔστιν; ὥς μοι φροιμίων ἄρχῃ κακῶν.

ΤΑΛΘΥΒΙΟΣ

ἔδοξε τόνδε παῖδα... πῶς εἴπω λόγον;

ΑΝΔΡΟΜΑΧΗ

μῶν οὐ τὸν αὐτὸν δεσπότην ἡμῖν ἔχειν;

ΤΑΛΘΥΒΙΟΣ

οὐδεὶς Ἀχαιῶν τοῦδε δεσπόσει ποτέ.   715

ΑΝΔΡΟΜΑΧΗ

ἀλλ᾽ ἐνθάδ᾽ αὐτοῦ λείψανον Φρυγῶν λιπεῖν;

ΤΑΛΘΥΒΙΟΣ

οὐκ οἶδ᾽ ὅπως σοι ῥᾳδίως εἴπω κακά.

ΑΝΔΡΟΜΑΧΗ

ἐπήνεσ᾽ αἰδῶ, πλὴν ἐὰν λέγῃς κακά.

ΤΑΛΘΥΒΙΟΣ

κτενοῦσι σὸν παῖδ᾽, ὡς πύθῃ κακὸν μέγα.

(Taltíbio chega com os soldados, da mesma lateral que saíra.)

TALTÍBIO

Não me detestes, cônjuge de Heitor, um ás
da Frígia há pouco tempo. Não me apraz trazer   710
mensagens dos pelópidas e dos argivos.

ANDRÔMACA

O que é? O teu prelúdio antecipa agruras.

TALTÍBIO

Decidem que o menino... como vou dizer?

ANDRÔMACA

Talvez que se destine a um déspota diverso?

TALTÍBIO

Não haverá de obedecer a aqueu algum.   715

ANDRÔMACA

Devo deixá-lo aqui, como um despojo frígio?

TALTÍBIO

Não há o que facilite referir o horror.

ANDRÔMACA

Louvo o cuidado, exceto pelo "horror" que empregas.

TALTÍBIO

Matarão teu menino: eis o grande horror!

ΑΝΔΡΟΜΑΧΗ

οἴμοι, γάμων τόδ᾽ ὡς κλύω μεῖζον κακόν.   720

ΤΑΛΘΥΒΙΟΣ

νικᾷ δ᾽ Ὀδυσσεὺς ἐν Πανέλλησιν λέγων...

ΑΝΔΡΟΜΑΧΗ

αἰαῖ μάλ᾽· οὐ γὰρ μέτρια πάσχομεν κακά.

ΤΑΛΘΥΒΙΟΣ

λέξας ἀρίστου παῖδα μὴ τρέφειν πατρός...

ΑΝΔΡΟΜΑΧΗ

τοιαῦτα νικήσειε τῶν αὑτοῦ πέρι.

ΤΑΛΘΥΒΙΟΣ

ῥῖψαι δὲ πύργων δεῖν σφε Τρωικῶν ἄπο.   725
ἀλλ᾽ ὣς γενέσθω, καὶ σοφωτέρα φανῇ·
μήτ᾽ ἀντέχου τοῦδ᾽, εὐγενῶς δ᾽ ἄλγει κακοῖς,
μήτε σθένουσα μηδὲν ἰσχύειν δόκει.
ἔχεις γὰρ ἀλκὴν οὐδαμῇ. σκοπεῖν δὲ χρή·
πόλις τ᾽ ὄλωλε καὶ πόσις, κρατῇ δὲ σύ,   730
ἡμεῖς δὲ πρὸς γυναῖκα μάρνασθαι μίαν
οἷοί τε. τούτων οὕνεκ᾽ οὐ μάχης ἐρᾶν
οὐδ᾽ αἰσχρὸν οὐδὲν οὐδ᾽ ἐπίφθονόν σε δρᾶν,
οὐδ᾽ αὖ σ᾽ Ἀχαιοῖς βούλομαι ῥίπτειν ἀράς.
εἰ γάρ τι λέξεις ὧν χολώσεται στρατός,   735
οὔτ᾽ ἂν ταφείη παῖς ὅδ᾽ οὔτ᾽ οἴκτου τύχοι.
σιγῶσα δ᾽ εὖ τε τὰς τύχας κεκτημένη
τὸν τοῦδε νεκρὸν οὐκ ἄθαπτον ἂν λίποις
αὐτή τ᾽ Ἀχαιῶν πρευμενεστέρων τύχοις.

ANDRÔMACA

Ai! Um horror muito pior que minhas núpcias!   720

TALTÍBIO

Entre os pangregos, Odisseu se impôs dizendo...

ANDRÔMACA

Não é possível mensurar meu sofrimento.

TALTÍBIO

... que não é bom criar o filho do ás, de um *áristos*...

ANDRÔMACA

Que o mesmo prevaleça para os filhos dele!

TALTÍBIO

... e que das torres de Ílion quer arremessá-lo.   725
Mas que assim seja, e mostrarás maior sabença.
Não te apegues a ele, sofre, altiva, a dor,
nem creias que tens força, sem poder de nada.
Não tens como te opor. É necessário ver
que a cidade morreu, morreu o teu marido,   730
estás fragilizada, é fácil para nós
dobrar uma mulher sozinha. Não desejes
o embate ou pôr em prática qualquer ação
hostil, nem dês vazão às maldições aos dânaos.
Se algo disseres que enraiveça o contingente,   735
teu filho não receberá sepulcro ou lágrima.
Silenciando e suportando a desventura,
não deixarás sem túmulo o defunto, e os dânaos
hão de saber ser mais benévolos contigo.

ΑΝΔΡΟΜΑΧΗ

ὦ φίλτατ', ὦ περισσὰ τιμηθεὶς τέκνον,   740
θανῇ πρὸς ἐχθρῶν μητέρ' ἀθλίαν λιπών,
ἡ τοῦ πατρὸς δέ σ' εὐγένει' ἀποκτενεῖ,
ἢ τοῖσιν ἄλλοις γίγνεται σωτηρία,
τὸ δ' ἐσθλὸν οὐκ ἐς καιρὸν ἦλθε σοὶ πατρός.
ὦ λέκτρα τἀμὰ δυστυχῆ τε καὶ γάμοι,   745
οἷς ἦλθον ἐς μέλαθρον Ἕκτορός ποτε,
οὐ σφάγιον υἱὸν Δαναΐδαις τέξουσ' ἐμόν,
ἀλλ' ὡς τύραννον Ἀσιάδος πολυσπόρου.
ὦ παῖ, δακρύεις· αἰσθάνῃ κακῶν σέθεν;
τί μου δέδραξαι χερσὶ κἀντέχῃ πέπλων,   750
νεοσσὸς ὡσεὶ πτέρυγας ἐσπίτνων ἐμάς;
οὐκ εἶσιν Ἕκτωρ κλεινὸν ἁρπάσας δόρυ
γῆς ἐξανελθὼν σοὶ φέρων σωτηρίαν,
οὐ συγγένεια πατρός, οὐκ ἰσχὺς Φρυγῶν·
λυγρὸν δὲ πήδημ' ἐς τράχηλον ὑψόθεν   755
πεσὼν ἀνοίκτως, πνεῦμ' ἀπορρήξεις σέθεν.
ὦ νέον ὑπαγκάλισμα μητρὶ φίλτατον,
ὦ χρωτὸς ἡδὺ πνεῦμα· διὰ κενῆς ἄρα
ἐν σπαργάνοις σε μαστὸς ἐξέθρεψ' ὅδε,
μάτην δ' ἐμόχθουν καὶ κατεξάνθην πόνοις.   760
νῦν — οὔποτ' αὖθις — μητέρ' ἀσπάζου σέθεν,
πρόσπιτνε τὴν τεκοῦσαν, ἀμφὶ δ' ὠλένας
ἕλισσ' ἐμοῖς νώτοισι καὶ στόμ' ἅρμοσον.
ὦ βάρβαρ' ἐξευρόντες Ἕλληνες κακά,
τί τόνδε παῖδα κτείνετ' οὐδὲν αἴτιον;   765
ὦ Τυνδάρειον ἔρνος, οὔποτ' εἶ Διός,
πολλῶν δὲ πατέρων φημί σ' ἐκπεφυκέναι,

ANDRÔMACA

Ai! filho a mim tão caro, que amo mais que tudo,   740
com tua morte, abandonaste a mãe tristíssima.
A nobreza do pai, que a tantos preservou,
foi fatal para ti. A magnitude dele
não resultou em teu *kairós*, no que é oportuno.
Ó leito avesso à sorte o meu, ó triste vínculo,   745
pelo qual vim um dia ao lar de Heitor, não tive
um filho para os dânaos degolarem, mas
para reinar por toda Ásia multifértil.
Choras? Percebes, filho, a agrura que te abate?
Por que seguras com as duas mãos meu peplo,   750
um passarinho que se aninha em minhas asas?
Com lança ilustre em riste, Heitor não chegará,
não advirá dos ínferos para salvar-te,
nem frígios com sua força, nem os teus parentes,
mas caindo impiedosamente de cabeça,   755
num salto atroz dos cimos, truncarás o alento.
Ó tenro abraço à mãe tão grato! Ó doce eflúvio
que o corpo exala! Inutilmente ofereci
meu seio a ti, envolto numa faixa, em vão
me fatigava, em vão a dor me consumia.   760
Tua mãe abraça pela derradeira vez!
Estreita quem te deu à luz, envolve o colo
com um e outro braço, traz aos meus teus lábios.
Ó gregos, inventores de suplícios bárbaros,
por que tirar a vida de um infante puro?   765
Ó tindarida, não és filha do Cronida,[37]
mas de outros genitores vieste a este mundo:

---

[37] Referência a Helena, filha de Tindareu ou de Zeus, segundo diferentes versões do mito.

Ἀλάστορος μὲν πρῶτον, εἶτα δὲ Φθόνου,
Φόνου τε Θανάτου θ' ὅσα τε γῆ τρέφει κακά.
οὐ γάρ ποτ' αὐχῶ Ζῆνά γ' ἐκφῦσαί σ' ἐγώ,   770
πολλοῖσι κῆρα βαρβάροις Ἕλλησί τε.
ὄλοιο· καλλίστων γὰρ ὀμμάτων ἄπο
αἰσχρῶς τὰ κλεινὰ πεδί' ἀπώλεσας Φρυγῶν.
ἀλλ' ἄγετε φέρετε ῥίπτετ', εἰ ῥίπτειν δοκεῖ·
δαίνυσθε τοῦδε σάρκας. ἔκ τε γὰρ θεῶν   775
διολλύμεσθα, παιδί τ' οὐ δυναίμεθ' ἂν
θάνατον ἀρῆξαι. κρύπτετ' ἄθλιον δέμας
καὶ ῥίπτετ' ἐς ναῦς· ἐπὶ καλὸν γὰρ ἔρχομαι
ὑμέναιον, ἀπολέσασα τοὐμαυτῆς τέκνον.

ΧΟΡΟΣ

τάλαινα Τροία, μυρίους ἀπώλεσας   780
μιᾶς γυναικὸς καὶ λέχους στυγνοῦ χάριν.

ΤΑΛΘΥΒΙΟΣ

ἄγε παῖ, φίλιον πρόσπτυγμα μεθεὶς
μητρὸς μογερᾶς, βαῖνε πατρῴων
πύργων ἐπ' ἄκρας στεφάνας, ὅθι σοι
πνεῦμα μεθεῖναι ψῆφος ἐκράνθη.   785
λαμβάνετ' αὐτόν. τὰ δὲ τοιάδε χρὴ
κηρυκεύειν, ὅστις ἄνοικτος
καὶ ἀναιδείᾳ τῆς ἡμετέρας
γνώμης μᾶλλον φίλος ἐστίν.

ΕΚΑΒΗ

ὦ τέκνον, ὦ παῖ παιδὸς μογεροῦ,   790

Phonos Massacrador, Alástor Vingador,
Phtonos, Rancor, e Tânatos, e quanta agrura
a terra nutra. Zeus não te gerou — afirmo! —,   770
ó Quere matadora dos aqueus e bárbaros!
Morra, pois dizimaste com teus lindos olhos
os plainos ínclitos da Frígia, torpemente.
Prendei-o, arrojai-o, se essa é a decisão,
partilhai sua carne! Os deuses nos destroem,   775
não há como evitar a morte do menino.
Arremessai meu corpo triste às naus, depois
de recobri-lo: ao belo himeneu irei,
tendo perdido de mim mesma o amado filho.

CORO
Perdeste, triste Troia, muitos em razão   780
de um leito lúgubre, de uma só mulher.

TALTÍBIO
Deixa o aconchego do regaço, filho,
de tua miserável mãe, e sobe à torre ancestre,
aos cimos que a coroam, de onde
expiras o respiro derradeiro. Assim decidem.   785
Prendei-o! A sentença, deve anunciá-la
um impiedoso, afeito à impostura
mais do que a concebe
meu pensamento.

> *(Taltíbio e os soldados saem pela lateral por onde Andrômaca*
> *entrara, que leva a Troia. Andrômaca sai pela lateral por onde*
> *Taltíbio passara.)*

HÉCUBA
Menino, filho de um filho infeliz,   790

συλώμεθα σὴν ψυχὴν ἀδίκως
μήτηρ κἀγώ. τί πάθω; τί σ' ἐγώ,
δύσμορε, δράσω; τάδε σοι δίδομεν
πλήγματα κρατὸς στέρνων τε κόπους·
τῶνδε γὰρ ἄρχομεν. οἳ 'γὼ πόλεως,   795
οἴμοι δὲ σέθεν· τί γὰρ οὐκ ἔχομεν;
τίνος ἐνδέομεν μὴ οὐ πανσυδίᾳ
χωρεῖν ὀλέθρου διὰ παντός;

ΧΟΡΟΣ
μελισσοτρόφου Σαλαμῖνος ὦ βασιλεῦ Τελαμών,
νάσου περικύμονος οἰκήσας ἕδραν   800
τᾶς ἐπικεκλιμένας ὄχθοις ἱεροῖς, ἵν' ἐλαίας
πρῶτον ἔδειξε κλάδον γλαυκᾶς Ἀθάνα,
οὐράνιον στέφανον λιπαραῖσί τε κόσμον Ἀθήναις,
ἔβας ἔβας τῷ τοξοφόρῳ συναρι-
στεύων ἅμ' Ἀλκμήνας γόνῳ   805
Ἴλιον Ἴλιον ἐκπέρσων πόλιν
ἁμετέραν τὸ πάροιθεν ὅτ' ἔβας ἀφ' Ἑλλάδος·

ὅθ' Ἑλλάδος ἄγαγε πρῶτον ἄνθος ἀτυζόμενος
πώλων, Σιμόεντι δ' ἐπ' εὐρείᾳ πλάταν   810
ἔσχασε ποντοπόρον καὶ ναύδετ' ἀνήψατο πρυμνᾶν
καὶ χερὸς εὐστοχίαν ἐξεῖλε ναῶν,

sequestram tua ânima
de tua mãe, de mim, injustamente. O que hei de padecer?
O que farei por ti, ó moiramara?
Nossa oferenda: golpear peito e cabeça.
Reduz-se a isso o que podemos.   795
Ai, cidade! Ai, menino!
O que não possuímos? O que nos falta
para cumprir em toda sua urgência a ruína inteiramente?

CORO
Ó Telamôn, senhor de Salamina,   Estr. 1
nutriz-de-abelhas, morador da ilha   800
circum-ondejante, no declive das colinas sacras,
onde Atena exibiu primeiro o ramo glauco de oliva,[38]
guirlanda celestial, ornato de Atenas esplêndida,
vieste, vieste na partilha da excelência
com o filho de Alcmena, arco em punho,   805
com fito de pilhar Ílion,[39] Ílion,
vila que foi nossa um dia, ao vir da Grécia.

Quando, turbado pelos potros,   Ant. 1
conduz pela primeira vez a flor da Hélade   810
e repousa no belífluo Simoente[40] o remo sulcador
e enoda as amarras da popa

---

[38] Atena planta pela primeira vez a oliva na acrópole e é homenageada pelo primeiro rei da Ática, Cécrops.

[39] Héracles, filho de Alcmena, salva a filha de Laomedonte do monstro marinho enviado por Posêidon, mas não recebe em troca os cavalos de Zeus que lhe haviam sido prometidos. Héracles realiza então a primeira destruição de Troia.

[40] Simoente, rio troiano, com nascente no monte Ida, que desembocava no rio Escamandro.

Λαομέδοντι φόνον· κανόνων δὲ τυκίσματα Φοίβου
...
πυρὸς φοίνικι πνοᾷ καθελὼν   815
Τροίας ἐπόρθησε χθόνα.
δὶς δὲ δυοῖν πιτύλοιν τείχη † περὶ †
Δαρδανίας φοινία κατέλυσεν αἰχμά.

μάταν ἄρ', ὦ χρυσέαις ἐν οἰνοχόαις ἁβρὰ βαίνων,   820
Λαομεδόντιε παῖ,
Ζηνὸς ἔχεις κυλίκων πλήρωμα, καλλίσταν λατρείαν·
ἁ δέ σε γειναμένα πυρὶ δαίεται·   825
ἠιόνες δ' ἄλιαι
ἴακχον οἰωνὸς οἷ-
ον τεκέων ὕπερ βοᾷ,
ᾇ μὲν εὐνάτορας, ᾇ δὲ παῖδας,   830
ᾇ δὲ ματέρας γεραιάς.
τὰ δὲ σὰ δροσόεντα λουτρὰ
γυμνασίων τε δρόμοι
βεβᾶσι, σὺ δὲ πρόσωπα νεα-   835
ρὰ χάρισι παρὰ Διὸς θρόνοις
καλλιγάλανα τρέφεις· Πριάμοιο δὲ γαῖαν
Ἑλλὰς ὤλεσ' αἰχμά.

Ἔρως Ἔρως, ὃς τὰ Δαρδάνεια μέλαθρά ποτ' ἦλθες   840
οὐρανίδαισι μέλων,
ὡς τότε μὲν μεγάλως Τροίαν ἐπύργωσας, θεοῖσι
κῆδος ἀναψάμενος. τὸ μὲν οὖν Διὸς   845

e traz da nau a boa mira da mão, mortal a Laomedonte.
E com o sopro púrpura do fogo,
derruindo a alvenaria em esquadro de Febo,   815
saqueou a terra de Ílion.
Duas vezes, duplo ataque, a lança rubra
destruiu as muralhas da urbe dardânia.[41]

Em vão, entre jarras douradas circulando lânguido,   Estr. 2
ó filho de Laomedonte,
tens o encargo de encher os cálices de Zeus,
ofício de beleza.[42]   825
O fogo inflama a pólis que te gerou.
Ecoava a orla salina como estrídulo
das aves pelas crias,
pelos maridos, pelos filhos,   830
por mães encanecidas.
E não há mais teus róridos lavacros,
as pistas dos ginásios,
e o frescor de teu vulto de charme   835
manténs, sereno na beleza,
junto ao trono de Zeus. Mas a lança grega
aniquilou a paragem priâmea.

Eros, Eros, que um dia vieste às moradias   Ant. 2
de Dárdano,
caro aos celestes,
como então muniste ao máximo Troia de júbilo,   845

---

[41] Referência a Dárdano, filho de Zeus e Electra, um dos reis mais antigos de Troia.

[42] Filho de Laomedonte, Ganimedes, de prodigiosa beleza, é raptado por Zeus, que se apaixona por ele. Serve como copeiro no Olimpo.

οὐκέτ' ὄνειδος ἐρῶ·
τὸ τᾶς δὲ λευκοπτέρου
φίλιον Ἀμέρας βροτοῖς
φέγγος ὀλοὸν εἶδε γαῖαν,   850
εἶδε περγάμων ὄλεθρον,
τεκνοποιὸν ἔχουσα τᾶσδε
γᾶς πόσιν ἐν θαλάμοις,
ὃν ἀστέρων τέθριππος ἔλα-   855
βε χρύσεος ὄχος ἀναρπάσας,
ἐλπίδα γᾷ πατρίᾳ μεγάλαν· τὰ θεῶν δὲ
φίλτρα φροῦδα Τροίᾳ.

ΜΕΝΕΛΑΟΣ

ὦ καλλιφεγγὲς ἡλίου σέλας τόδε,   860
ἐν ᾧ δάμαρτα τὴν ἐμὴν χειρώσομαι
† Ἑλένην· ὁ γὰρ δὴ πολλὰ μοχθήσας ἐγὼ
Μενέλαός εἰμι καὶ στράτευμ' Ἀχαιϊκόν. †
ἦλθον δὲ Τροίαν οὐχ ὅσον δοκοῦσί με
γυναικὸς οὕνεκ', ἀλλ' ἐπ' ἄνδρ' ὃς ἐξ ἐμῶν   865
δόμων δάμαρτα ξεναπάτης ἐλῄσατο.
κεῖνος μὲν οὖν δέδωκε σὺν θεοῖς δίκην
αὐτός τε καὶ γῆ δορὶ πεσοῦσ' Ἑλληνικῷ.
ἥκω δὲ τὴν τάλαιναν — οὐ γὰρ ἡδέως
ὄνομα δάμαρτος ἥ ποτ' ἦν ἐμὴ λέγω —   870

estreitando o liame divino.

Mas evito somar à fala opróbrios a Zeus.

A luz desta Jornada branquialada,

cara aos mortais, funesta 850

vislumbrou a terra,

vislumbrou a ruína das rochas,

detentora no tálamo

de um consorte deste solo, procriador, preso e raptado 855

por uma quadriga dourada de estrelas,

esperança maior à pátria.[43]

E os amores dos numes por Troia não há mais.[44]

> (Menelau entra em cena pela mesma lateral de onde surgira
> Taltíbio.)

MENELAU

Fulgor do sol belirradiante o deste dia 860

em que hei de colocar as mãos em minha esposa

Helena. Eu sou aquele que sofreu muitíssimo,

Menelau, com o exército de aqueus. Não vim

a Troia em razão de uma mulher, hipótese

que muitos aventaram, mas por causa do homem 865

traidor de hóspedes, raptor de minha esposa.

Deuses fizeram-no pagar o que devia,

ele pessoalmente e seu país, que tomba

sob a lança dos gregos. Venho... a miserável —

é um desprazer nomear quem desposei um dia — 870

---

[43] Títono, filho de Laomedonte, foi raptado por Aurora, com quem teve dois filhos na Etiópia. Aurora pede que Zeus conceda a ele a imortalidade, mas se esquece de solicitar a manutenção da juventude. Títono não morre, mas envelhece eternamente.

[44] O amor dos deuses por Ganimedes e Títono não evitou a destruição de Troia.

ἄξων· δόμοις γὰρ τοῖσδ᾽ ἐν αἰχμαλωτικοῖς
κατηρίθμηται Τρῳάδων ἄλλων μέτα.
οἵπερ γὰρ αὐτὴν ἐξεμόχθησαν δορί,
κτανεῖν ἐμοί νιν ἔδοσαν, εἴτε μὴ κτανὼν
θέλοιμ᾽ ἄγεσθαι πάλιν ἐς Ἀργείαν χθόνα.   875
ἐμοὶ δ᾽ ἔδοξε τὸν μὲν ἐν Τροίᾳ μόρον
Ἑλένης ἐᾶσαι, ναυπόρῳ δ᾽ ἄγειν πλάτῃ
Ἑλληνίδ᾽ ἐς γῆν κᾆτ᾽ ἐκεῖ δοῦναι κτανεῖν,
ποινὰς ὅσοις τεθνᾶσ᾽ ἐν Ἰλίῳ φίλοι.
ἀλλ᾽ εἶα χωρεῖτ᾽ ἐς δόμους, ὀπάονες,   880
κομίζετ᾽ αὐτὴν τῆς μιαιφονωτάτης
κόμης ἐπισπάσαντες· οὔριοι δ᾽ ὅταν
πνοαὶ μόλωσι, πέμψομέν νιν Ἑλλάδα.

ΕΚΑΒΗ

ὦ γῆς ὄχημα κἀπὶ γῆς ἔχων ἕδραν,
ὅστις ποτ᾽ εἶ σύ, δυστόπαστος εἰδέναι,   885
Ζεύς, εἴτ᾽ ἀνάγκη φύσεος εἴτε νοῦς βροτῶν,
προσηυξάμην σε· πάντα γὰρ δι᾽ ἀψόφου
βαίνων κελεύθου κατὰ δίκην τὰ θνήτ᾽ ἄγεις.

ΜΕΝΕΛΑΟΣ

τί δ᾽ ἔστιν; εὐχὰς ὡς ἐκαίνισας θεῶν.

ΕΚΑΒΗ

αἰνῶ σε, Μενέλα᾽, εἰ κτενεῖς δάμαρτα σήν.   890
ὁρᾶν δὲ τήνδε φεῦγε, μή σ᾽ ἕλῃ πόθῳ.
αἱρεῖ γὰρ ἀνδρῶν ὄμματ᾽, ἐξαιρεῖ πόλεις,
πίμπρησιν οἴκους· ὧδ᾽ ἔχει κηλήματα.
ἐγώ νιν οἶδα, καὶ σύ, χοὶ πεπονθότες.

... levar. No cárcere das tendas ela não
passa de um mero número com outras teucras.
Aqueles que a subjugam com a lança me
facultam a oportunidade de matá-la
ou conduzi-la viva até a terra argiva.   875
Optei por não ditar o fim de Helena em Troia,
mas transferi-la em naus remeiras para a Grécia,
onde haverei de conceder-lhe a morte, a fim
de que ela pague pelos companheiros mortos
em Ílion. Servas, removei da tenda Helena   880
pelo cabelo maculado de assassínio.
Tão logo o vento afável sopre novamente,
nos encarregaremos de levá-la à Grécia.

HÉCUBA

Alicerce da terra, cuja sédia encima
a terra, incógnito ao saber, sejas quem fores,   885
necessidade da natura, inteligência
dos mortais, Zeus, a ti suplico, pois em trânsito
por senda silenciosa, guias a justiça.

MENELAU

Do que se trata? Inovas em teu rogo aos deuses.

HÉCUBA

Tens meu louvor, senhor, se matas tua mulher,   890
mas não pretendas vê-la, pois o teu desejo
acende. Ela retém o olhar, retém cidades,
inflama lares, tal o charme que possui.
Eu a conheço, e tu e quantos padeceram.

(Conduzida por soldados, Helena sai de uma das tendas.)

ΕΛΕΝΗ

Μενέλαε, φροίμιον μὲν ἄξιον φόβου   895
τόδ' ἐστίν· ἐν γὰρ χερσὶ προσπόλων σέθεν
βίᾳ πρὸ τῶνδε δωμάτων ἐκπέμπομαι.
ἀτὰρ σχεδὸν μὲν οἶδά σοι μισουμένη,
ὅμως δ' ἐρέσθαι βούλομαι· γνῶμαι τίνες
Ἕλλησι καὶ σοὶ τῆς ἐμῆς ψυχῆς πέρι;   900

ΜΕΝΕΛΑΟΣ

οὐκ εἰς ἀκριβὲς ἦλθες, ἀλλ' ἅπας στρατὸς
κτανεῖν ἐμοί σ' ἔδωκεν, ὅνπερ ἠδίκεις.

ΕΛΕΝΗ

ἔξεστιν οὖν πρὸς ταῦτ' ἀμείψασθαι λόγῳ,
ὡς οὐ δικαίως, ἢν θάνω, θανούμεθα;

ΜΕΝΕΛΑΟΣ

οὐκ ἐς λόγους ἐλήλυθ', ἀλλά σε κτενῶν.   905

ΕΚΑΒΗ

ἄκουσον αὐτῆς, μὴ θάνῃ τοῦδ' ἐνδεής,
Μενέλαε, καὶ δὸς τοὺς ἐναντίους λόγους
ἡμῖν κατ' αὐτῆς· τῶν γὰρ ἐν Τροίᾳ κακῶν
οὐδὲν κάτοισθα. συντεθεὶς δ' ὁ πᾶς λόγος
κτενεῖ νιν οὕτως ὥστε μηδαμοῦ φυγεῖν.   910

ΜΕΝΕΛΑΟΣ

σχολῆς τὸ δῶρον· εἰ δὲ βούλεται λέγειν,
ἔξεστι. τῶν σῶν δ' οὕνεχ' — ὡς μάθῃ — λόγων
δώσω τόδ' αὐτῇ· τῆσδε δ' οὐ δώσω χάριν.

HELENA

O teu prelúdio é digno de paúra, rei: 895
teus servidores me arrancaram rudemente
da tenda. Sei razoavelmente bem do ódio
que tens por mim, mas mesmo assim pergunto: os gregos,
o que lhes ronda o espírito, o que pretendes
em relação ao fato de eu viver ou não?   900

MENELAU

Não foste o tema da conversa, mas a tropa
me facultou te assassinar, pois me ofendeste.

HELENA

Me é concedido responder com argumento?
Que ao menos minha morte contrarie o justo!

MENELAU

Não vim a fim de conversar, vim te matar.   905

HÉCUBA

Permite que ela fale. Morra após obter
o que pediu. Me seja dado replicar
ao que profira: ignoras o revés em Troia.
Todo o discurso estruturado há de ser
arrasador, sem brecha para sua fuga.   910

MENELAU *(para Hécuba)*

Perda de tempo o que concedes, mas se quer
falar, eu não me oponho. Que ela saiba: não
me dobro à sua palavra, é tu que me convences.

ΕΛΕΝΗ

ἴσως με, κἂν εὖ κἂν κακῶς δόξω λέγειν,
οὐκ ἀνταμείψῃ πολεμίαν ἡγούμενος.   915
ἐγὼ δ', ἅ σ' οἶμαι διὰ λόγων ἰόντ' ἐμοῦ
κατηγορήσειν, ἀντιθεῖσ' ἀμείψομαι
τοῖς σοῖσι τἀμὰ καὶ τὰ σ' αἰτιάματα.
πρῶτον μὲν ἀρχὰς ἔτεκεν ἥδε τῶν κακῶν,
Πάριν τεκοῦσα· δεύτερον δ' ἀπώλεσε   920
Τροίαν τε κἄμ' ὁ πρέσβυς οὐ κτανὼν βρέφος,
δαλοῦ πικρὸν μίμημ', Ἀλέξανδρόν ποτε.
ἐνθένδε τἀπίλοιπ' ἄκουσον ὡς ἔχει.
ἔκρινε τρισσὸν ζεῦγος ὅδε τριῶν θεῶν·
καὶ Παλλάδος μὲν ἦν Ἀλεξάνδρῳ δόσις   925
Φρυξὶ στρατηγοῦνθ' Ἑλλάδ' ἐξανιστάναι,
Ἥρα δ' ὑπέσχετ' Ἀσιάδ' Εὐρώπης θ' ὅρους
τυραννίδ' ἕξειν, εἴ σφε κρίνειεν Πάρις·
Κύπρις δὲ τοὐμὸν εἶδος ἐκπαγλουμένη
δώσειν ὑπέσχετ', εἰ θεὰς ὑπερδράμοι   930
κάλλει. τὸν ἔνθεν δ' ὡς ἔχει σκέψαι λόγον·
νικᾷ Κύπρις θεάς, καὶ τοσόνδ' οὑμοὶ γάμοι
ὤνησαν Ἑλλάδ'· οὐ κρατεῖσθ' ἐκ βαρβάρων,
οὔτ' ἐς δόρυ σταθέντες, οὐ τυραννίδι.
ἃ δ' εὐτύχησεν Ἑλλάς, ὠλόμην ἐγὼ   935
εὐμορφίᾳ πραθεῖσα, κὠνειδίζομαι
ἐξ ὧν ἐχρῆν με στέφανον ἐπὶ κάρᾳ λαβεῖν.
οὔπω με φήσεις αὐτὰ τἀν ποσὶν λέγειν,
ὅπως ἀφώρμησ' ἐκ δόμων τῶν σῶν λάθρα.

98

HELENA *(para Hécuba)*

Talvez não me respondas, sendo indiferente
se eu fale bem ou mal: me vês como inimiga.   915
Como posso prever do que me acusarás
quando for tua vez, responderei opondo
minhas acusações às tuas, e o contrário.
Em primeiro lugar, foi Hécuba quem deu
à luz o mal, gerando Páris. Em segundo,   920
o velho, ao não matar o filho neonascido,
imagem triste do tição, a mim fatal
e a Ílion.[45] Ouve o resto, como se apresenta:
Páris julgou o jugo tríplice das três
deusas:[46] o dom de Palas era devastar   925
a Grécia, à frente do tropel dos frígios. Hera
prometeu-lhe o domínio da Ásia e dos confins
da Europa, caso Páris a escolhesse. Cípris,
que sucumbiu ao meu aspecto, prometeu-me
a ele, se em beleza superasse as outras   930
deusas. Vê como então a história transcorreu:
Cípris venceu, e minhas núpcias foram úteis
à Grécia: não se deu a imposição dos bárbaros,
nem recorrestes à arma sob a tirania.
O que beneficiou a Grécia me arruinou,   935
pois fui vendida por minha beleza, e críticas
recebo de quem deveria me coroar.
Dirás que não abordo o que mais conta, as bodas,
como parti secretamente do teu lar.

---

[45] Quando estava grávida de Páris, Hécuba sonha dar à luz um tição, sinal de mau agouro.

[46] Referência ao julgamento de Páris: entre Hera, Atena e Afrodite, Páris escolhe a última como a mais bela.

ἦλθ᾽ οὐχὶ μικρὰν θεὸν ἔχων αὑτοῦ μέτα   940
ὁ τῆσδ᾽ ἀλάστωρ, εἴτ᾽ Ἀλέξανδρον θέλεις
ὀνόματι προσφωνεῖν νιν εἴτε καὶ Πάριν·
ὅν, ὦ κάκιστε, σοῖσιν ἐν δόμοις λιπὼν
Σπάρτης ἀπῆρας νηὶ Κρησίαν χθόνα.
εἶέν.   945
οὐ σέ, ἀλλ᾽ ἐμαυτὴν τοὐπὶ τῷδ᾽ ἐρήσομαι·
τί δὴ φρονοῦσά γ᾽ ἐκ δόμων ἅμ᾽ ἐσπόμην
ξένῳ, προδοῦσα πατρίδα καὶ δόμους ἐμούς;
τὴν θεὸν κόλαζε καὶ Διὸς κρείσσων γενοῦ,
ὃς τῶν μὲν ἄλλων δαιμόνων ἔχει κράτος,
κείνης δὲ δοῦλός ἐστι· συγγνώμη δ᾽ ἐμοί.   950
ἔνθεν δ᾽ ἔχοις ἂν εἰς ἔμ᾽ εὐπρεπῆ λόγον·
ἐπεὶ θανὼν γῆς ἦλθ᾽ Ἀλέξανδρος μυχούς,
χρῆν μ᾽, ἡνίκ᾽ οὐκ ἦν θεοπόνητά μου λέχη,
λιποῦσαν οἴκους ναῦς ἐπ᾽ Ἀργείων μολεῖν.
ἔσπευδον αὐτὸ τοῦτο· μάρτυρες δέ μοι   955
πύργων πυλωροὶ κἀπὸ τειχέων σκοποί,
οἳ πολλάκις μ᾽ ἐφηῦρον ἐξ ἐπάλξεων
πλεκταῖσιν ἐς γῆν σῶμα κλέπτουσαν τόδε.
βίᾳ δ᾽ ὁ καινός μ᾽ οὗτος ἁρπάσας πόσις
Δηίφοβος ἄλοχον εἶχεν ἀκόντων Φρυγῶν.   960
πῶς οὖν ἔτ᾽ ἂν θνήσκοιμ᾽ ἂν ἐνδίκως, πόσι,
...
πρὸς σοῦ δικαίως, ἣν ὁ μὲν βίᾳ γαμεῖ,
τὰ δ᾽ οἴκοθεν κεῖν᾽ ἀντὶ νικητηρίων

Trazia consigo a deusa em nada desprezível,[47] 940
alástor, gênio vingador que ela pariu,
chame-o como quiseres, Alexandre ou Páris.
E tu, ó vil dos vis, o abandonaste em casa,
quando zarpaste rumo a Creta, de Esparta.
Muito bem! 945
Não é a ti que inquirirei, mas a mim mesma:
pensava em quê quando parti com o estrangeiro,
traindo meu país e os meus? Censura Cípris
e sê mais forte do que Zeus, pois se ele exerce
poder sobre as demais deidades, é escravo
dela! Mereço compreensão. Mas poderias 950
apresentar um argumento especioso
contra mim: quando Alexandre desce aos ínferos,[48]
impunha-se — pois não havia mais as núpcias
que Cípris concebera — ir em naus argivas.
Pois eu tentei, conforme o testemunham guardas 955
das torres, protetores das muralhas. Muito
fui surpreendida quando fora das ameias
buscava o solo sorrateira com as cordas.
Meu novo esposo, alguém que me tomara à força,
Deífobo, contrário aos frígios, me mantinha.[49] 960
Como seria justa a minha morte, esposo,
...
com que justiça, se ele impôs à força as núpcias,
e os dotes naturais me deram, em lugar

---

[47] Afrodite.

[48] Filoctetes mata Páris com a flecha envenenada de Héracles.

[49] Filho de Príamo, irmão de Heitor e Páris, Deífobo se casa com Helena depois da morte do irmão.

πικρῶς ἐδούλευσ'; εἰ δὲ τῶν θεῶν κρατεῖν
βούλῃ, τὸ χρῄζειν ἀμαθές ἐστί σου τόδε.

965

ΧΟΡΟΣ

βασίλει', ἄμυνον σοῖς τέκνοισι καὶ πάτρᾳ
πειθὼ διαφθείρουσα τῆσδ', ἐπεὶ λέγει
καλῶς κακοῦργος οὖσα· δεινὸν οὖν τόδε.

ΕΚΑΒΗ

ταῖς θεαῖσι πρῶτα σύμμαχος γενήσομαι
καὶ τήνδε δείξω μὴ λέγουσαν ἔνδικα.

970

ἐγὼ γὰρ Ἥραν παρθένον τε Παλλάδα
οὐκ ἐς τοσοῦτον ἀμαθίας ἐλθεῖν δοκῶ,
ὥσθ' ἢ μὲν Ἄργος βαρβάροις ἀπημπόλα,
Παλλὰς δ' Ἀθήνας Φρυξὶ δουλεύειν ποτέ,
εἰ παιδιαῖσι καὶ χλιδῇ μορφῆς πέρι

975

ἦλθον πρὸς Ἴδην. τοῦ γὰρ οὕνεκ' ἂν θεὰ
Ἥρα τοσοῦτον ἔσχ' ἔρωτα καλλονῆς;
πότερον ἀμείνον' ὡς λάβῃ Διὸς πόσιν;
ἢ γάμον Ἀθηνᾶ θεῶν τίνος θηρωμένη —
ἢ παρθενείαν πατρὸς ἐξῃτήσατο,

980

φεύγουσα λέκτρα; μὴ ἀμαθεῖς ποίει θεὰς
τὸ σὸν κακὸν κοσμοῦσα, μὴ οὐ πείσῃς σοφούς.
Κύπριν δ' ἔλεξας — ταῦτα γὰρ γέλως πολύς —
ἐλθεῖν ἐμῷ ξὺν παιδὶ Μενέλεω δόμους.
οὐκ ἂν μένουσ' ἂν ἥσυχός σ' ἐν οὐρανῷ

985

αὐταῖς Ἀμύκλαις ἤγαγεν πρὸς Ἴλιον;
ἦν οὑμὸς υἱὸς κάλλος ἐκπρεπέστατος,
ὁ σὸς δ' ἰδών νιν νοῦς ἐποιήθη Κύπρις·

do triunfo, a submissão? Se queres ter mais força
que os deuses, falta lucidez ao teu desejo.   965

CORO

Põe fim, rainha, à verve dela, e assim defendes
a prole e a pátria. Helena fala belamente,
mas é nefasta em sua ação, o que é terrível.

HÉCUBA

Primeiro me associo às deusas e demonstro
que não há um pingo de justiça no que disse.   970
Não creio que Hera e Palas possam ter chegado
a tamanha tolice, a ponto de a primeira
vender Argos aos bárbaros, e Atena impor
a Atenas algum dia a servidão dos frígios,
se por futilidade ou jogo disputaram   975
quem era a mais bonita no Ida. Hera, deusa,
por que haveria de querer tanto a beleza?
A fim de conseguir um par melhor que Zeus?
E quanto a Palas, foi caçar as bodas divas,
alguém que ao pai rogara a virgindade, alheia   980
às núpcias? Não pretendas transformar as deusas
em tolas, para embelezar tua maldade.
O sábio não te segue. E o sumo do ridículo:
afirmas que Afrodite acompanhou meu filho
ao lar de Menelau. Serena lá no céu,   985
não poderia te levar a Ílion junto
com o burgo de Amicles?[50] Meu menino era
incrivelmente lindo, e, ao vê-lo, tua mente

---

[50] Amicles, cidade situada ao sul de Esparta, pertencente a Tindareu,
pai de Helena.

τὰ μῶρα γὰρ πάντ᾽ ἐστὶν Ἀφροδίτη βροτοῖς,
καὶ τοὔνομ᾽ ὀρθῶς ἀφροσύνης ἄρχει θεᾶς. 990
ὂν εἰσιδοῦσα βαρβάροις ἐσθήμασι
χρυσῷ τε λαμπρὸν ἐξεμαργώθης φρένας.
ἐν μὲν γὰρ Ἄργει μίκρ᾽ ἔχουσ᾽ ἀνεστρέφου,
Σπάρτης δ᾽ ἀπαλλαχθεῖσα τὴν Φρυγῶν πόλιν
χρυσῷ ῥέουσαν ἤλπισας κατακλύσειν 995
δαπάναισιν· οὐδ᾽ ἦν ἱκανά σοι τὰ Μενέλεω
μέλαθρα ταῖς σαῖς ἐγκαθυβρίζειν τρυφαῖς.
εἶέν· βίᾳ γὰρ παῖδα φής σ᾽ ἄγειν ἐμόν·
τίς Σπαρτιατῶν ᾔσθετ᾽; ἢ ποίαν βοὴν
ἀνωλόλυξας — Κάστορος νεανίου 1.000
τοῦ συζύγου τ᾽ ἔτ᾽ ὄντος, οὐ κατ᾽ ἄστρα πω;
ἐπεὶ δὲ Τροίαν ἦλθες Ἀργεῖοί τέ σου
κατ᾽ ἴχνος, ἦν δὲ δοριπετὴς ἀγωνία,
εἰ μὲν τὰ τοῦδε κρείσσον᾽ ἀγγέλλοιτό σοι,
Μενέλαον ᾔνεις, παῖς ὅπως λυποῖτ᾽ ἐμὸς 1.005
ἔχων ἔρωτος ἀνταγωνιστὴν μέγαν·
εἰ δ᾽ εὐτυχοῖεν Τρῶες, οὐδὲν ἦν ὅδε.
ἐς τὴν τύχην δ᾽ ὁρῶσα τοῦτ᾽ ἤσκεις, ὅπως
ἕποι᾽ ἅμ᾽ αὐτῇ, τῇ ἀρετῇ δ᾽ οὐκ ἤθελες.
κἄπειτα πλεκταῖς σῶμα σὸν κλέπτειν λέγεις 1.010
πύργων καθιεῖσ᾽, ὡς μένουσ᾽ ἀκουσίως;
ποῦ δῆτ᾽ ἐλήφθης ἢ βρόχους ἀρτωμένη
ἢ φάσγανον θήγουσ᾽, ἃ γενναία γυνὴ
δράσειεν ἂν ποθοῦσα τὸν πάρος πόσιν;
καίτοι σ᾽ ἐνουθέτουν γε πολλὰ πολλάκις· 1.015
Ὦ θύγατερ, ἔξελθ᾽· οἱ δ᾽ ἐμοὶ παῖδες γάμους
ἄλλους γαμοῦσι, σὲ δ᾽ ἐπὶ ναῦς Ἀχαιϊκὰς

tornou-se Cípris. A loucura é Afrodite,
conforme o início de seu nome: *aphrosyne*,   990
insensatez.[51] E quando o viste em vestes bárbaras,
brilhando em ouro, tua mente desvaria.
Em Argos circulavas com recursos parcos,
e, abandonando Esparta, tinhas a intenção
de afundar em despesa a Frígia, abarrotada   995
de ouro. O solar de Menelau não dava conta
dos exageros luxuriantes que cultivas.
Já chega! À força, dizes, que meu filho te
levou. Houve espartano que aferisse o fato?
Qual foi teu grito, embora Cástor e seu gêmeo   1.000
vivessem, não ainda acima entre as estrelas?
Quando chegaste a Troia, e os dânaos perseguiam
teu rastro, e a luta era mortífera entre hoplitas,
se alguém anunciasse Menelau à frente,
louvava-o, para que meu filho se angustiasse   1.005
por ter no amor um vultuoso antagonista.
Pendesse a sorte aos teucros, Menelau valia
nada. Miravas só o teu sucesso, tê-lo
sempre a teu lado, não buscavas a virtude.
E vens dizer que pretendias fugir das torres   1.010
usando cordas, como se forçada a aqui
ficar? Alguém te surpreendeu afiando a espada,
alçando o laço, como uma consorte nobre
faria por querer o esposo que partira?
Não uma vez, inúmeras, te repreendi: 1.015
"Vai, filha, embora! Meus meninos acharão
outra mulher. Te propicio a fuga oculta

---

[51] Aristóteles cita essa passagem na *Retórica* (1400b), ao analisar a "tópica do nome".

πέμψω συνεκκλέψασα· καὶ παῦσον μάχης
Ἕλληνας ἡμᾶς τε. ἀλλὰ σοὶ τόδ᾽ ἦν πικρόν.
ἐν τοῖς Ἀλεξάνδρου γὰρ ὕβριζες δόμοις   1.020
καὶ προσκυνεῖσθαι βαρβάρων ὕπ᾽ ἤθελες·
μεγάλα γὰρ ἦν σοι. — κἀπὶ τοῖσδε σὸν δέμας
ἐξῆλθες ἀσκήσασα κἄβλεψας πόσει
τὸν αὐτὸν αἰθέρ᾽, ὦ κατάπτυστον κάρα·
ἦν χρῆν ταπεινὴν ἐν πέπλων ἐρειπίοις,   1.025
φρίκῃ τρέμουσαν, κρᾶτ᾽ ἀπεσκυθισμένην
ἐλθεῖν, τὸ σῶφρον τῆς ἀναιδείας πλέον
ἔχουσαν ἐπὶ τοῖς πρόσθεν ἡμαρτημένοις.
Μενέλα᾽, ἵν᾽ εἰδῇς οἷ τελευτήσω λόγον,
στεφάνωσον Ἑλλάδ᾽ ἀξίως τήνδε κτανὼν   1.030
σαυτοῦ, νόμον δὲ τόνδε ταῖς ἄλλαισι θὲς
γυναιξί, θνῄσκειν ἥτις ἂν προδῷ πόσιν.

ΧΟΡΟΣ
Μενέλαε, προγόνων τ᾽ ἀξίως δόμων τε σῶν
τεῖσαι δάμαρτα κἀφελοῦ, πρὸς Ἑλλάδος,
ψόγον τὸ θῆλύ τ᾽, εὐγενὴς ἐχθροῖς φανείς.   1.035

ΜΕΝΕΛΑΟΣ
ἐμοὶ σὺ συμπέπτωκας ἐς ταὐτὸν λόγου,
ἑκουσίως τήνδ᾽ ἐκ δόμων ἐλθεῖν ἐμῶν
ξένας ἐς εὐνάς· χἠ Κύπρις κόμπου χάριν
λόγοις ἐνεῖται. — βαῖνε λευστήρων πέλας
πόνους τ᾽ Ἀχαιῶν ἀπόδος ἐν μικρῷ μακροὺς   1.040
θανοῦσ᾽, ἵν᾽ εἰδῇς μὴ καταισχύνειν ἐμέ.

ΕΛΕΝΗ
μή, πρός σε γονάτων, τὴν νόσον τὴν τῶν θεῶν
προσθεὶς ἐμοὶ κτάνῃς με, συγγίγνωσκε δέ.

em nave argiva. Cessa a guerra entre nós
e os gregos!" Mas te amargurava o que eu propunha.
Agias com empáfia no solar de Páris,   1.020
querendo só que os bárbaros te idolatrassem,
motivo de autorregozijo imenso. E ainda
movias o corpo enfeitado, ousando olhar
o mesmo céu que o esposo, sua despudorada!
Impunha-se que viesses em humildes peplos,   1.025
tremendo de pavor, com os cabelos curtos,
exibindo modéstia mais do que impudência,
pelos equívocos outrora cometidos.
Ouve o desfecho, Menelau, da minha fala:
coroa a Grécia, mata Helena da maneira   1.030
digna de ti, impõe às outras esta lei:
morra a mulher que ousar trair o próprio esposo!

CORO

Pune tua esposa, Menelau, honrando assim
teus ancestrais e a casa a que pertences. Não
venham dizer que és frouxo! Impõe tua nobreza!   1.035

MENELAU

Chegaste à mesma conclusão que eu: foi por
vontade própria que ela abandonou meu lar
por cama de estrangeiro. Foi para ostentar
que ela evocou o nome de Afrodite. Irás
até quem te apedreje. Em breve pagas, morta,   1.040
o multissofrimento aqueu. Não mais me ultrajas.

HELENA

Imploro, a mim não atribuas o flagelo
dos deuses! Sê compreensivo, não me mates!

ΕΚΑΒΗ

μηδ' οὓς ἀπέκτειν' ἥδε συμμάχους προδῷς·
ἐγὼ πρὸ κείνων καὶ τέκνων σε λίσσομαι.   1.045

ΜΕΝΕΛΑΟΣ

παῦσαι, γεραιά· τῆσδε δ' οὐκ ἐφρόντισα.
λέγω δὲ προσπόλοισι πρὸς πρύμνας νεῶν
τήνδ' ἐκκομίζειν, ἔνθα ναυστολήσεται.

ΕΚΑΒΗ

μή νυν νεὼς σοὶ ταὐτὸν ἐσβήτω σκάφος.

ΜΕΝΕΛΑΟΣ

τί δ' ἔστι; μεῖζον βρῖθος ἢ πάροιθ' ἔχει;   1.050

ΕΚΑΒΗ

οὐκ ἔστ' ἐραστὴς ὅστις οὐκ ἀεὶ φιλεῖ.

ΜΕΝΕΛΑΟΣ

ὅπως ἂν ἐκβῇ τῶν ἐρωμένων ὁ νοῦς.
ἔσται δ' ἃ βούλῃ· ναῦν γὰρ οὐκ ἐσβήσεται
ἐς ἥνπερ ἡμεῖς· καὶ γὰρ οὐ κακῶς λέγεις·
ἐλθοῦσα δ' Ἄργος ὥσπερ ἀξία κακῶς   1.055
κακὴ θανεῖται καὶ γυναιξὶ σωφρονεῖν
πάσαισι θήσει. ῥᾴδιον μὲν οὐ τόδε·
ὅμως δ' ὁ τῆσδ' ὄλεθρος ἐς φόβον βαλεῖ
τὸ μῶρον αὐτῶν, κἂν ἔτ' ὦσ' ἐχθίονες.

HÉCUBA

Não traias teus aliados, que ela fez morrer!
Em nome deles todos rogo, e por teus filhos.   1.045

MENELAU

É suficiente, anciã! Não perderei mais tempo
com ela. Um servo a leve à popa do navio,
de onde não deve se mover durante a viagem.

HÉCUBA

Que ela não suba no navio que te transporta!

MENELAU

Por que motivo? Risco de peso excessivo?   1.050

HÉCUBA

Não é amante aquele que não queira sempre.

MENELAU

Depende de que modo a mente amada move-se.
Contudo, cedo. Não embarcará no mesmo
navio que eu, pois faz sentido o que argumentas.
Há de morrer em Argos miseravelmente,   1.055
como se espera, a miserável, anti-exemplo
para as mulheres que tiverem sensatez.
É duro, mas trará pavor a morte dela
às outras loucas, ainda mais odiosas que ela.

(Menelau, Helena e os soldados deixam a cena pela mesma lateral
por onde Menelau entrara.)

109

ΧΟΡΟΣ

οὕτω δὴ τὸν ἐν Ἰλίῳ   1.060
ναὸν καὶ θυόεντα βω-
μὸν προύδωκας Ἀχαιοῖς,
ὦ Ζεῦ, καὶ πελάνων φλόγα
σμύρνης αἰθερίας τε κα-
πνὸν καὶ Πέργαμον ἱερὰν   1.065
Ἰδαῖά τ᾽ Ἰδαῖα κισσοφόρα νάπη
χιόνι κατάρυτα ποταμίᾳ
τέρμονα πρωτόβολόν θ᾽ ἁλίῳ,
τὰν καταλαμπομέναν ζαθέαν θεράπναν.   1.070

φροῦδαί σοι θυσίαι χορῶν τ᾽
εὔφημοι κέλαδοι κατ᾽ ὄρ-
φναν τε παννυχίδες θεῶν,
χρυσέων τε ξοάνων τύποι
Φρυγῶν τε ζάθεοι σελᾶ-   1.075
ναι συνδώδεκα πλήθει.
μέλει μέλει μοι τάδ᾽ εἰ φρονεῖς, ἄναξ,
οὐράνιον ἕδρανον ἐπιβεβὼς
αἰθέρα τε πτόλεως ὀλομένας,
ἂν πυρὸς αἰθομένα κατέλυσεν ὁρμά.   1.080

ὦ φίλος ὦ πόσι μοι,
σὺ μὲν φθίμενος ἀλαίνεις
ἄθαπτος ἄνυδρος, ἐμὲ δὲ πόντιον σκάφος   1.085
ᾄσσον πτεροῖσι πορεύσει
ἱππόβοτον Ἄργος, ἵνα τείχεα
λάινα Κυκλώπι᾽ οὐράνια νέμονται.

CORO

Assim o templo de Ílion   Estr. 1
e o altar de eflúvios,
Zeus, concedeste aos aqueus,
e a flama das ofertas
e a fumaça da mirra éter acima,
e Pérgamo sagrada,   1.065
e os vales do Ida, Ida recoberto de hera,
que o rio de neve inunda,
e o cume antes fustigado pelo sol,
luminosa morada divina.   1.070

Teus sacrifícios não há mais,   Ant. 1
e os coros rumorosos de harmonia,
e a vigília noturna aos deuses noite adentro,
e as formas das imagens áureas,
e as sacras luas frígias,   1.075
total de doze.[52]
Importa-me, concerne-me, senhor,
se, subindo ao trono celeste, no éter,
consideras: a cidadela se arruinou,
o afã do fogo ardente a destruiu.   1.080

Ó amigo, ó esposo,   Estr. 2
morto sem rumo,
imundo, insepulto, o casco marinho   1.085
no ímpeto das asas me transportará
a Argos, pasto de cavalos,
onde sobem ao céu muros ciclópicos de pedra.[53]

---

[52] Provável alusão a festividades em honra de Zeus.

[53] Os Ciclopes teriam construído os muros de Micenas e Argos.

τέκνων δὲ πλῆθος ἐν πύλαις
δάκρυσι κατάορα στένει·   1.090
βοᾷ βοᾷ·
Μᾶτερ, ὤμοι, μόναν δή μ' Ἀχαιοὶ κομί-
ζουσι σέθεν ἀπ' ὀμμάτων
κυανέαν ἐπὶ ναῦν
εἰναλίαισι πλάταις   1.095
ἢ Σαλαμῖν' ἱερὰν
ἢ δίπορον κορυφὰν
Ἴσθμιον, ἔνθα πύλας
Πέλοπος ἔχουσιν ἕδραι.

εἴθ' ἀκάτου Μενέλα   1.100
μέσον πέλαγος ἰούσας,
δίπαλτον ἱερὸν ἀνὰ μέσον πλατᾶν πέσοι
Αἰγαίου κεραυνοφαὲς πῦρ,
Ἰλιόθεν ὅτε με πολύδακρυν   1.105
Ἑλλάδι λάτρευμα γᾶθεν ἐξορίζει,
χρύσεα δ' ἔνοπτρα, παρθένων
χάριτας, ἔχουσα τυγχάνει Διὸς κόρα·
μηδὲ γαῖάν ποτ' ἔλθοι Λάκαιναν πατρῷ-   1.110
όν τε θάλαμον ἑστίας,
μηδὲ πόλιν Πιτάνας
χαλκόπυλόν τε θεάν,
δύσγαμον αἶσχος ἑλὼν
Ἑλλάδι τᾷ μεγάλᾳ   1.115

A turba infante chora à porta,
geme no colo maternal.   1.090
Grita, grita:
"Mãe, ai!, os dânaos levam-me sozinha
de ti, do teu olhar,
à nave negriazul
com remos sulcadores,   1.095
à Salamina sacra,
ao pico do Istmo bimarinho
onde as sédias de Pélops
têm portas.[54]

Ah! se o batel de Menelau   Ant. 2
em meio ao mar,
o fogo flamilampejante dupliempunhado
abatesse no meio, entre os remos, no Egeu,
quando de Troia plurilácrima,   1.105
do meu país me leva, escrava para Grécia,
e espelhos de ouro, e joias de donzelas,
a filha do Cronida mantendo consigo.[55]
Jamais alcance o espaço lacônio   1.110
e o tálamo paterno da lareira,
nem a cidade de Pitane[56]
e a deusa do portal de bronze,
por trazer consigo a vergonha das desnúpcias
para a imensa Hélade,   1.115

---

[54] Local situado entre o golfo coríntio e o salônico. O istmo de Corinto dá acesso ao Peloponeso, aqui referido pelo epônimo.

[55] Referência a Helena, contrastando o universo luxuriante da personagem e o naufrágio imaginado pelo coro.

[56] Referência a Esparta.

καὶ Σιμοεντιάσιν
μέλεα πάθεα ῥοῇσιν.

ἰὼ ἰώ,
καίν' ἐκ καινῶν μεταβάλλουσαι
χθονὶ συντυχίαι. λεύσσετε Τρώων
τόνδ' Ἀστυάνακτ' ἄλοχοι μέλεαι   1.120
νεκρόν, ὃν πύργων δίσκημα πικρὸν
Δαναοὶ κτείναντες ἔχουσιν.

ΤΑΛΘΥΒΙΟΣ
Ἑκάβη, νεὼς μὲν πίτυλος εἷς λελειμμένος
λάφυρα τἀπίλοιπ' Ἀχιλλείου τόκου
μέλλει πρὸς ἀκτὰς ναυστολεῖν Φθιώτιδας·   1.125
αὐτὸς δ' ἀνῆκται Νεοπτόλεμος, καινάς τινας
Πηλέως ἀκούσας συμφοράς, ὥς νιν χθονὸς
Ἄκαστος ἐκβέβληκεν, ὁ Πελίου γόνος.
οὗ θᾶσσον οὕνεκ', ἢ χάριν μονῆς ἔχων,
φροῦδος, μετ' αὐτοῦ δ' Ἀνδρομάχη, πολλῶν ἐμοὶ   1.130
δακρύων ἀγωγός, ἡνίκ' ἐξώρμα χθονός,
πάτραν τ' ἀναστένουσα καὶ τὸν Ἕκτορος
τύμβον προσεννέπουσα. καί σφ' ᾐτήσατο
θάψαι νεκρὸν τόνδ', ὃς πεσὼν ἐκ τειχέων
ψυχὴν ἀφῆκεν Ἕκτορος τοῦ σοῦ γόνος·   1.135

dor deplorável
à correnteza do Simoente.

Ai! Ai!
Revés renova-se em revés para o país.
Mirai, mulheres míseras dos teucros,
o cadáver de Astiánax,   1.120
que os dânaos — disco amargo das ameias —
matam.

(Taltíbio entra em cena pela mesma lateral por onde saíra, da parte
de Troia. Os soldados, que o acompanham, carregam um escudo
sobre o qual está o cadáver de Astiánax.)

TALTÍBIO
Hécuba, o último navio prepara os remos
para levar a Ftia o butim final
do filho do Aquileu. Neoptólemo zarpou   1.125
assim que soube do revés inusitado
que Peleu padeceu, expulso do país
pelo filho de Pélia, Acasto.[57] Ele partiu
antes de que pudesse pretender aqui
ficar. Andrômaca o acompanhou. Chorei   1.130
aos borbotões ao vê-la se distanciar,
lamentando o país, lançando a voz ao túmulo
de Heitor. Pediu que fosse sepultado o corpo
que no arrojo do muro exalou a ânima,
prole do teu Heitor. E o escudo bronzidorso,   1.135

---

[57] Peleu, avô de Neoptólemo, mata involuntariamente o rei da Ftia
durante uma caçada. Parte para Iolco, onde é purificado pelo rei Acasto,
filho de Pélia. A rainha Astidâmia apaixona-se por Peleu. Acasto abandona Peleu no monte Pélio, privado de sua espada (Apolodoro, III, 13, 2-3).

φόβον τ' Ἀχαιῶν, χαλκόνωτον ἀσπίδα
τήνδ', ἣν πατὴρ τοῦδ' ἀμφὶ πλεύρ' ἐβάλλετο,
μή νυν πορεῦσαι Πηλέως ἐφ' ἑστίαν,
μηδ' ἐς τὸν αὐτὸν θάλαμον, οὗ νυμφεύσεται
μήτηρ νεκροῦ τοῦδ' Ἀνδρομάχη, λύπας ὁρᾶν,   1.140
ἀλλ' ἀντὶ κέδρου περιβόλων τε λαΐνων
ἐν τῇδε θάψαι παῖδα· σὰς δ' ἐς ὠλένας
δοῦναι, πέπλοισιν ὡς περιστείλῃς νεκρὸν
στεφάνοις θ', ὅση σοι δύναμις, ὡς ἔχει τὰ σά·
ἐπεὶ βέβηκε, καὶ τὸ δεσπότου τάχος   1.145
ἀφείλετ' αὐτὴν παῖδα μὴ δοῦναι τάφῳ.
ἡμεῖς μὲν οὖν, ὅταν σὺ κοσμήσῃς νέκυν,
γῆν τῷδ' ἐπαμπισχόντες ἀροῦμεν δόρυ·
σὺ δ' ὡς τάχιστα πρᾶσσε τἀπεσταλμένα.
ἑνὸς μὲν οὖν μόχθου σ' ἀπαλλάξας ἔχω·   1.150
Σκαμανδρίους γὰρ τάσδε διαπερῶν ῥοὰς
ἔλουσα νεκρὸν κἀπένιψα τραύματα.
ἀλλ' εἶμ' ὀρυκτὸν τῷδ' ἀναρρήξων τάφον,
ὡς σύντομ' ἡμῖν τἀπ' ἐμοῦ τε κἀπὸ σοῦ
ἐς ἓν ξυνελθόντ' οἴκαδ' ὁρμήσῃ πλάτην.   1.155

ΕΚΑΒΗ
θέσθ' ἀμφίτορνον ἀσπίδ' Ἕκτορος πέδῳ,
λυπρὸν θέαμα κοὐ φίλον λεύσσειν ἐμοί.
ὦ μεῖζον' ὄγκον δορὸς ἔχοντες ἢ φρενῶν,
τί τόνδ', Ἀχαιοί, παῖδα δείσαντες φόνον
καινὸν διειργάσασθε; μὴ Τροίαν ποτὲ   1.160
πεσοῦσαν ὀρθώσειεν; οὐδὲν ἦτ' ἄρα,
ὅθ' Ἕκτορος μὲν εὐτυχοῦντος ἐς δόρυ
διωλλύμεσθα μυρίας τ' ἄλλης χερός,
πόλεως δ' ἁλούσης καὶ Φρυγῶν ἐφθαρμένων

pavor de aqueus, que o pai movimentava sobre
o peito, ela rogou que não fosse levado
para a morada de Peleu, tampouco ao mesmo
tálamo em que ela, Andrômaca, mãe do cadáver,
se casaria — pois, ao vê-lo, sofreria —,   1.140
mas que o menino fosse sepultado nele,
e não no féretro de cedro e pedra. Quis
que o envolvesses com guirlanda e peplo, tanto
quanto permita a tua condição atual.
Como partiu, e a pressa do senhor a impede   1.145
de consignar pessoalmente a tumba ao filho,
depois de preparares o defunto, a lança
nós fixaremos sobre a terra que o encobre.
Não tardes em cumprir o que foi ordenado.
Ao menos de um encargo te alivio: o morto   1.150
lavei ao transpassar as águas do Escamandro,
removi a impureza das feridas. Trato
de lhe escavar agora um fossado fundo,
a fim de que, ao fim do que te cabe e a mim,
movamos rumo ao lar o remo incontinente.   1.155

(Taltíbio sai pela lateral oposta àquela por onde entrara.)

HÉCUBA

Pousai o escudo esférico de Heitor no chão,
triste espetáculo que me amargura a vista.
Aqueus, aos quais a lança conta muito mais
que a sensatez, que tipo de temor a criança
causou, desencadeando o assassinato inédito?   1.160
De que reconstruísse Troia um dia? Nada
sois: fomos dizimados — apesar de Heitor
impor derrotas com o imenso contingente —,
e ruiu nossa cidade e os frígios pereceram,

117

βρέφος τοσόνδ' ἐδείσατ'· οὐκ αἰνῶ φόβον,   1.165
ὅστις φοβεῖται μὴ διεξελθὼν λόγῳ.
ὦ φίλταθ', ὥς σοι θάνατος ἦλθε δυστυχής.
εἰ μὲν γὰρ ἔθανες πρὸ πόλεως, ἥβης τυχὼν
γάμων τε καὶ τῆς ἰσοθέου τυραννίδος,
μακάριος ἦσθ' ἄν, εἴ τι τῶνδε μακάριον·   1.170
νῦν δ' αὔτ' ἰδὼν μὲν γνούς τε σῇ ψυχῇ, τέκνον,
οὐκ οἶσθ', ἐχρήσω δ' οὐδὲν ἐν δόμοις ἔχων.
δύστηνε, κρατὸς ὥς σ' ἔκειρεν ἀθλίως
τείχη πατρῷα, Λοξίου πυργώματα,
ὃν πόλλ' ἐκήπευσ' ἡ τεκοῦσα βόστρυχον   1.175
φιλήμασίν τ' ἔδωκεν, ἔνθεν ἐκγελᾷ
ὀστέων ῥαγέντων φόνος, ἵν' αἰσχρὰ μὴ λέγω.
ὦ χεῖρες, ὡς εἰκοὺς μὲν ἡδείας πατρὸς
κέκτησθ', ἐν ἄρθροις δ' ἔκλυτοι πρόκεισθέ μοι.
ὦ πολλὰ κόμπους ἐκβαλὸν φίλον στόμα,   1.180
ὄλωλας, ἐψεύσω μ', ὅτ' ἐσπίπτων πέπλους,
Ὦ μῆτερ, ηὔδας, ἦ πολύν σοι βοστρύχων
πλόκαμον κεροῦμαι, πρὸς τάφον θ' ὁμηλίκων
κώμους ἀπάξω, φίλα διδοὺς προσφθέγματα.
σὺ δ' οὐκ ἔμ', ἀλλ' ἐγὼ σὲ τὸν νεώτερον,   1.185
γραῦς ἄπολις ἄτεκνος, ἄθλιον θάπτω νεκρόν.
οἴμοι, τὰ πόλλ' ἀσπάσμαθ' αἵ τ' ἐμαὶ τροφαὶ
ὕπνοι τ' ἐκεῖνοι φροῦδά μοι. τί καί ποτε
γράψειεν ἄν σε μουσοποιὸς ἐν τάφῳ;
Τὸν παῖδα τόνδ' ἔκτειναν Ἀργεῖοί ποτε   1.190
δείσαντες; — αἰσχρὸν τοὐπίγραμμά γ' Ἑλλάδι.
ἀλλ' οὖν πατρῴων οὐ λαχὼν ἕξεις ὅμως
ἐν ᾗ ταφήσῃ χαλκόνωτον ἰτέαν.
ὦ καλλίπηχυν Ἕκτορος βραχίονα
σῴζουσ', ἄριστον φύλακ' ἀπώλεσας σέθεν.   1.195
ὡς ἡδὺς ἐν πόρπακι σῷ κεῖται τύπος

e ainda assim vos apavora um garotinho?   1.165
Censuro o medo, se quem sente medo evita
o raciocínio. Meu amor, que morte mísera!
Morto pela cidade, jovem e casado,
um potentado igual a um deus, terias sido
feliz, se é que há felicidade nisso.   1.170
Os bens teus olhos viram, ignorando embora
o que captasse tua psique, sem deleite
do que possuísse. Ai! Como a muralha pátria,
baluarte apolíneo, ceifa tristemente
os cachos da cabeça que tua mãe beijou,   1.175
cuidou como um jardim. Agora, o sangue jorra
dos ossos fraturados. Calo mais horror!
Ó mãos, mesmo dulçor que havia nas do pai,
jazeis à frente, dissolutas nas junturas.
Ó boca, tão precoce na expressão do orgulho,   1.180
não vives, era uma inverdade o que dizias:
"Avó, por ti hei de cortar um cacho imenso
de cabelo e conduzirei à tua tumba
um cortejo de amigos para te saudar."
Pois foi o inverso o que ocorreu. A ti, mais novo,   1.185
sem prole e pólis, uma velha enterra, triste
corpo. Ai! Não há abraços, nem apuro, nem
os sonos que eu velava. O que e quando um poeta
escreveria a teu respeito sobre a tumba?
"Gregos mataram o menino por paúra"?   1.190
Um epigrama vergonhoso para a Hélade.
Sem receber nenhum dos bens do pai, terás
o broquel bronzidorso, onde eu te sepulto.
Ó tu que protegeste o braço curvibelo
de Heitor, perdeste o teu guardião mais valoroso!   1.195
Como é aprazível ver os seus vestígios sobre

ἴτυός τ᾽ ἐν εὐτόρνοισι περιδρόμοις ἱδρώς,
ὃν ἐκ μετώπου πολλάκις πόνους ἔχων
ἔσταζεν Ἕκτωρ προστιθεὶς γενειάδι.
φέρετε, κομίζετ᾽ ἀθλίῳ κόσμον νεκρῷ   1.200
ἐκ τῶν παρόντων· οὐ γὰρ ἐς κάλλος τύχας
δαίμων δίδωσιν· ὧν δ᾽ ἔχω, λήψῃ τάδε.
θνητῶν δὲ μῶρος ὅστις εὖ πράσσειν δοκῶν
βέβαια χαίρει· τοῖς τρόποις γὰρ αἱ τύχαι,
ἔμπληκτος ὡς ἄνθρωπος, ἄλλοτ᾽ ἄλλοσε   1.205
πηδῶσι, κοὐδεὶς αὐτὸς εὐτυχεῖ ποτε.

ΧΟΡΟΣ
καὶ μὴν πρόχειρον αἵδε σοι σκυλευμάτων
Φρυγίων φέρουσι κόσμον ἐξάπτειν νεκρῷ.

ΕΚΑΒΗ
ὦ τέκνον, οὐχ ἵπποισι νικήσαντά σε
οὐδ᾽ ἥλικας τόξοισιν, οὓς Φρύγες νόμους   1.210
τιμῶσιν, οὐκ ἐς πλησμονὰς θηρώμενη,
μήτηρ πατρός σοι προστίθησ᾽ ἀγάλματα
τῶν σῶν ποτ᾽ ὄντων· νῦν δέ σ᾽ ἡ θεοστυγὴς
ἀφείλεθ᾽ Ἑλένη, πρὸς δὲ καὶ ψυχὴν σέθεν
ἔκτεινε καὶ πάντ᾽ οἶκον ἐξαπώλεσεν.   1.215

ΧΟΡΟΣ
ἒ ἔ, φρενῶν
ἔθιγες ἔθιγες· ὦ μέγας ἐμοί ποτ᾽ ἂν
ἀνάκτωρ πόλεως.

ΕΚΑΒΗ
ἃ δ᾽ ἐν γάμοισι χρῆν σε προσθέσθαι χροῒ
Ἀσιατίδων γήμαντα τὴν ὑπερτάτην,

a tua empunhadura e na orla bem torneada
o suor que Heitor da fronte às vezes fatigada
vertia quando te trazia rente ao queixo!
Levai, portai o ornato que ainda reste ao triste   1.200
cadáver: não é para o fasto que o deus dá
o fado. Mas terás o que eu possua agora.
Tolo é quem imagina que o sucesso obtido
há de manter-se estável, e jubila. O acaso,
com modos de homem inconstante, salta aqui   1.205
e ali, e não existe alguém em si feliz.

CORO

Vê! As mulheres portam o ornamento frígio
do espólio, a fim de que acomodes o cadáver.

HÉCUBA

Filho, não é na condição de vencedor
dos teus coetâneos, em corcéis, com arcos, práticas   1.210
de honor aos frígios, moderados no cultivo,
que tua avó coloca sobre ti recamos
outrora teus. Helena, odiada pelos deuses,
agora te sequestra, assassina a vida
que havia em ti, faz derruir a moradia.   1.215

CORO

Ai! Ai! Atinges, tocas
meu coração. Serias para mim um dia
o magno soberano da cidade.

HÉCUBA

O peplo frígio engalanado que devias
vestir em tuas núpcias com a nobilíssima

Φρύγια πέπλων ἀγάλματ' ἐξάπτω χροός.   1.220
σύ τ', ὦ ποτ' οὖσα καλλίνικε, μυρίων
μῆτερ τροπαίων, Ἕκτορος φίλον σάκος,
στεφανοῦ· θανῇ γὰρ οὐ θανοῦσα σὺν νεκρῷ·
ἐπεὶ σὲ πολλῷ μᾶλλον ἢ τὰ τοῦ σοφοῦ
κακοῦ τ' Ὀδυσσέως ἄξιον τιμᾶν ὅπλα.   1.225

ΧΟΡΟΣ
αἰαῖ αἰαῖ·
πικρὸν ὄδυρμα γαῖά σ' ὦ
τέκνον δέξεται.
στέναζε, μᾶτερ,

ἙΚΑΒΗ
αἰαῖ.

ΧΟΡΟΣ
νεκρῶν ἴακχον.   1.230

ἙΚΑΒΗ
οἴμοι μοι.

ΧΟΡΟΣ
οἴμοι δῆτα σῶν ἀλάστων κακῶν.

ἙΚΑΒΗ
τελαμῶσιν ἕλκη τὰ μὲν ἐγώ σ' ἰάσομαι,
τλήμων ἰατρός, ὄνομ' ἔχουσα, τἄργα δ' οὔ·
τὰ δ' ἐν νεκροῖσι φροντιεῖ πατὴρ σέθεν.

ΧΟΡΟΣ
ἄρασσ' ἄρασσε κρᾶτα   1.235

asiática, eu ajusto agora ao cadáver.   1.220
E tu, porta-vitórias no passado, égide
de Heitor, mãe de troféus incalculáveis, sê
coroada! Sem morrer, irás morrer com quem
perdeu a vida, bem mais digna de estima
que as armas de Odisseu, um ardiloso pérfido.   1.225

CORO
Ai! Ai!
Lágrimas de amargura.
A terra, filho, haverá de te acolher!
Chora, mãe.

HÉCUBA
Ai! Ai!

CORO
Ais! por quem foi.   1.230

HÉCUBA
Ai de mim!

CORO
Ai de mim!, sim!, por teu revés insuportável.

HÉCUBA
Com ataduras, tratarei de tuas feridas,
médica infeliz, de nome, não de fato.
Teu pai cuida do resto, com quem já morreu.

CORO
Bate! Golpeia tua cabeça   1.235

πιτύλους διδοῦσα χειρός,
ἰώ μοί μοι.

ἙΚΑΒΗ

ὦ φίλταται γυναῖκες...

ΧΟΡΟΣ

Ἑκάβη, σὰς ἔνεπε· τίνα θροεῖς αὐδάν;

ἙΚΑΒΗ

οὐκ ἦν ἄρ᾽ ἐν θεοῖσι πλὴν οὑμοὶ πόνοι   1.240
Τροία τε πόλεων ἔκκριτον μισουμένη,
μάτην δ᾽ ἐβουθυτοῦμεν. εἰ δὲ μὴ θεὸς
ἔστρεψε τἄνω περιβαλὼν κάτω χθονός,
ἀφανεῖς ἂν ὄντες οὐκ ἂν ὑμνήθημεν ἂν
μούσαις ἀοιδὰς δόντες ὑστέρων βροτῶν.   1.245
χωρεῖτε, θάπτετ᾽ ἀθλίῳ τύμβῳ νεκρόν·
ἔχει γὰρ οἷα δεῖ γε νερτέρων στέφη.
δοκῶ δὲ τοῖς θανοῦσι διαφέρειν βραχύ,
εἰ πλουσίων τις τεύξεται κτερισμάτων·
κενὸν δὲ γαύρωμ᾽ ἐστὶ τῶν ζώντων τόδε.   1.250

ΧΟΡΟΣ

ἰὼ ἰώ·
μελέα μήτηρ, ἢ τὰς μεγάλας
ἐλπίδας ἐν σοὶ κατέκναψε βίου.
μέγα δ᾽ ὀλβισθεὶς ὡς ἐκ πατέρων
ἀγαθῶν ἐγένου,
δεινῷ θανάτῳ διόλωλας.   1.255
ἔα ἔα·

movendo a mão!
Ai! Ai!

HÉCUBA
Mulheres tão queridas...

CORO
Fala, senhora, a tuas amigas. O que gritas?

HÉCUBA
Nos deuses o que havia era tão só o meu   1.240
sofrer e Troia odiadíssima entre as urbes.
Sacrificávamos o boi em vão. Se o deus
não nos lançasse ao chão, não colocasse tudo
às avessas, opacos, nunca as Musas nos
teriam hineado, concedendo o canto   1.245
aos homens do futuro. Sepultai o morto
na tumba lúgubre. A coroa dos defuntos
já tem. Importa pouco — penso — aos cadáveres
se um deles recebeu a gala funerária,
motivo frívolo de orgulho entre os vivos.   1.250

*(Os soldados levam o corpo de Astiánax sobre o escudo, pela
mesma entrada lateral por onde Taltíbio saíra.)*

CORO
Ai! Ai!
Mísera mater, decompõem-se em ti
as grandes esperanças da vida.
Consideravam-te, menino, tão feliz,
originário de linhagem nobre.
A morte horrível te assassina.   1.255
Ai! Ai!

τίνας Ἰλιάσιν ταῖσδ' ἐν κορυφαῖς
λεύσσω φλογέας δαλοῖσι χέρας
διερέσσοντας; μέλλει Τροίᾳ
καινόν τι κακὸν προσέσεσθαι.

ΤΑΛΘΥΒΙΟΣ

αὐδῶ λοχαγοῖς, οἳ τέταχθ' ἐμπιμπράναι   1.260
Πριάμου τόδ' ἄστυ, μηκέτ' ἀργοῦσαν φλόγα
ἐν χειρὶ σῴζειν, ἀλλὰ πῦρ ἐνιέναι,
ὡς ἂν κατασκάψαντες Ἰλίου πόλιν
στελλώμεθ' οἴκαδ' ἄσμενοι Τροίας ἄπο.
ὑμεῖς δ', ἵν' αὐτὸς λόγος ἔχῃ μορφὰς δύο,   1.265
χωρεῖτε, Τρώων παῖδες, ὀρθίαν ὅταν
σάλπιγγος ἠχὼ δῶσιν ἀρχηγοὶ στρατοῦ,
πρὸς ναῦς Ἀχαιῶν, ὡς ἀποστέλλησθε γῆς.
σύ τ', ὦ γεραιὰ δυστυχεστάτη γύναι,
ἕπου. μεθήκουσίν σ' Ὀδυσσέως πάρα   1.270
οἶδ', ᾧ σε δούλην κλῆρος ἐκπέμπει πάτρας.

ἙΚΑΒΗ

οἲ 'γὼ τάλαινα· τοῦτο δὴ τὸ λοίσθιον
καὶ τέρμα πάντων τῶν ἐμῶν ἤδη κακῶν·
ἔξειμι πατρίδος, πόλις ὑφάπτεται πυρί.
ἀλλ', ὦ γεραιὲ πούς, ἐπίσπευσον μόλις,   1.275
ὡς ἀσπάσωμαι τὴν ταλαίπωρον πόλιν.
ὦ μεγάλα δή ποτ' ἀμπνέουσ' ἐν βαρβάροις
Τροία, τὸ κλεινὸν ὄνομ' ἀφαιρήσῃ τάχα.
πιμπρᾶσί σ', ἡμᾶς δ' ἐξάγουσ' ἤδη χθονὸς
δούλας· ἰὼ θεοί. καὶ τί τοὺς θεοὺς καλῶ;   1.280
καὶ πρὶν γὰρ οὐκ ἤκουσαν ἀνακαλούμενοι.

Quem vejo agitar as mãos ardentes
com tições? Está
para ocorrer algum outro
revés em Troia.

*(Taltíbio entra pela lateral por onde passara. Acompanham-no
soldados que portam tochas.)*

TALTÍBIO

Ordeno a quem foi dado o encargo de incendiar   1.260
a priâmea urbe, de não mais manter inerte
a flama em suas mãos. Arremessai o fogo
a fim de que possamos velejar alegres
de volta ao lar, aniquilada a urbe de Ílion.
E vós, porque tem duplo viés o que eu ordeno,   1.265
assim que os chefes do tropel soarem claro
a trompa, dirigi-vos, criaturas troicas,
às naves dos aqueus, deixando este país.
Deves segui-los, anciã infelicíssima.
Vieram conduzir-te a mando de Odisseu,   1.270
a quem a sina te destina ser escrava.

HÉCUBA

Tristeza! Esse é o derradeiro, é a culminância
de todos os reveses que jamais sofri.
Deixo o país, a cidadela arde em chamas.
Ó pé senil, apressa-te, mesmo se exausto,   1.275
a fim de que eu saúde a urbe sem ventura.
Ó Troia, que expiravas esplendor outrora
em meio aos bárbaros, teu nome ilustre logo
some. Te inflamam, nos conduzem como escravas
daqui. Ai! Deuses, mas por que eu invoco os deuses,   1.280
se antes solicitados, não nos escutaram?

φέρ' ἐς πυρὰν δράμωμεν· ὡς κάλλιστά μοι
σὺν τῇδε πατρίδι κατθανεῖν πυρουμένῃ.

ΤΑΛΘΥΒΙΟΣ

ἐνθουσιᾷς, δύστηνε, τοῖς σαυτῆς κακοῖς.
ἀλλ' ἄγετε, μὴ φείδεσθ'· Ὀδυσσέως δὲ χρὴ   1.285
ἐς χεῖρα δοῦναι τήνδε καὶ πέμπειν γέρας.

ΕΚΑΒΗ

ὀττοτοτοτοτοῖ.
Κρόνιε, πρύτανι Φρύγιε, γενέτα
πάτερ, ἀνάξια τᾶς Δαρδάνου
γονᾶς τάδ' οἷα πάσχομεν δέδορκας;   1.290

ΧΟΡΟΣ

δέδορκεν, ἁ δὲ μεγαλόπολις
ἄπολις ὄλωλεν οὐδ' ἔτ' ἔστι Τροία.

ΕΚΑΒΗ

ὀττοτοτοτοτοῖ.
λέλαμπεν Ἴλιος, Περ-   1.295
γάμων τε πυρὶ καταίθεται τέραμνα
καὶ πόλις ἄκρα τε τειχέων.

ΧΟΡΟΣ

πτέρυγι δὲ καπνὸς ὥς τις οὐ-
ρανία πεσοῦσα δορὶ καταφθίνει γᾶ.
μαλερὰ μέλαθρα πυρὶ κατάδρομα   1.300
δαΐῳ τε λόγχᾳ.

128

Entremos pela chama! Nada há de ser
mais belo para mim que arder com meu país.

TALTÍBIO

Tuas desgraças levam-te ao delírio, mísera.
Atenção ao guiá-la! Impõe-se consigná-la   1.285
a Odisseu, tratar de encaminhar seu prêmio.

(Taltíbio sai pela mesma lateral por onde entrara.)

HÉCUBA

Ai! Ai Ai!
Cronida, prítane da Frígia, pai
ancestre, vês a indignidade que sofremos,
indigna da estirpe de Dárdano?   1.290

CORO

Vê. Morre a megaurbe
desurbe. Troia não existe mais.

HÉCUBA

Ai! Ai! Ai!
Ílion lampeja. O fogo inflama as moradias   1.295
de Pérgamo,
a cumeeira das muralhas.

CORO

Feito fumaça de asas celestes,
o país sucumbe à lança que o arruína.
Fogo veloz fulmina casas em queda,   1.300
e a lança lúgubre.

ΕΚΑΒΗ

ἰὼ γᾶ τρόφιμε τῶν ἐμῶν τέκνων.

ΧΟΡΟΣ

ἒ ἔ.

ΕΚΑΒΗ

ὦ τέκνα, κλύετε, μάθετε ματρὸς αὐδάν.

ΧΟΡΟΣ

ἰαλέμῳ τοὺς θανόντας ἀπύεις.

ΕΚΑΒΗ

γεραιά γ᾽ ἐς πέδον τιθεῖσα μέλεα καὶ   1.305
χερσὶ γαῖαν κτυποῦσα δισσαῖς.

ΧΟΡΟΣ

διάδοχά σοι γόνυ τίθημι γαίᾳ
τοὺς ἐμοὺς καλοῦσα νέρθεν
ἀθλίους ἀκοίτας.

ΕΚΑΒΗ

ἀγόμεθα φερόμεθ᾽...   1.310

ΧΟΡΟΣ

ἄλγος ἄλγος βοᾷς.

ΕΚΑΒΗ

δούλειον ὑπὸ μέλαθρον.

ΧΟΡΟΣ

ἐκ πάτρας γ᾽ ἐμᾶς.

HÉCUBA

Terra nutriz da minha prole! Ai!

CORO

Tristeza!

HÉCUBA

Ó filhos, escutai, ouvi a voz da mãe!

CORO

Com teu lamento, chamas quem já não existe.

HÉCUBA

Prostro no chão os membros velhos   1.305
e com as duas mãos golpeio a terra.

CORO

E eu te sigo. Entrego à terra os joelhos
para invocar dos ínferos
esposos infelizes.

HÉCUBA

Nos levam, somos retiradas...   1.310

CORO

Teu grito dói, é dor.

HÉCUBA

... sob um teto servil.

CORO

... do meu país.

ΕΚΑΒΗ

ἰώ.
Πρίαμε Πρίαμε, σὺ μὲν ὀλόμενος
ἄταφος ἄφιλος
ἄτας ἐμᾶς ἄιστος εἶ.

ΧΟΡΟΣ

μέλας γὰρ ὄσσε κατεκάλυψε   1.315
θάνατος ὅσιος ἀνοσίαις σφαγαῖσιν.

ΕΚΑΒΗ

ἰὼ θεῶν μέλαθρα καὶ πόλις φίλα,

ΧΟΡΟΣ

ἒ ἔ.

ΕΚΑΒΗ

τὰν φόνιον ἔχετε φλόγα δορός τε λόγχαν.

ΧΟΡΟΣ

τάχ᾽ ἐς φίλαν γᾶν πεσεῖσθ᾽ ἀνώνυμοι.

ΕΚΑΒΗ

κόνις δ᾽ ἴσα καπνῷ πτέρυγι πρὸς αἰθέρα   1.320
ᾆστον οἴκων ἐμῶν με θήσει.

ΧΟΡΟΣ

ὄνομα δὲ γᾶς ἀφανὲς εἶσιν· ἄλλᾳ δ᾽
ἄλλο φροῦδον, οὐδ᾽ ἔτ᾽ ἔστιν
ἁ τάλαινα Τροία.

HÉCUBA

Ai!
Príamo, Príamo, morto
sem tumba e sem amigo,
ignoras minha agrura.

CORO

A morte negra encobriu-lhe os olhos,   1.315
pia com ímpia imolação.

HÉCUBA

Ai! Templos dos eternos! Cara cidadela...

CORO

Ai! Ai!

HÉCUBA

... sujeita à flama fúnebre e ao fio da lança.

CORO

Logo tombas anônima no chão que adoro.

HÉCUBA

Poeira símile à fumaça alada no ar   1.320
inviabiliza a vista das moradas.

CORO

O nome desta terra some pela sombra.
Algo se esvai de um modo ou de outro.
Não mais existe Troia triste.

ΕΚΑΒΗ
ἐμάθετ᾽, ἐκλύετε;   1.325

ΧΟΡΟΣ
Περγάμων γε κτύπον.

ΕΚΑΒΗ
ἔνοσις ἅπασαν ἔνοσις...

ΧΟΡΟΣ
ἐπικλύσει πόλιν.

ΕΚΑΒΗ
ἰώ·
τρομερὰ μέλεα, φέρετ᾽ ἐμὸν ἴχνος·
ἴτ᾽ ἐπί, τάλανα,
δούλειον ἀμέραν βίου.   1.330

ΧΟΡΟΣ
ἰὼ τάλαινα πόλις· ὅμως δὲ
πρόφερε πόδα σὸν ἐπὶ πλάτας Ἀχαιῶν.

HÉCUBA

Ouvistes? Percebestes?   1.325

CORO

Sim, Pérgamo estronda.

HÉCUBA

O abalo, abalo, toda...

CORO

cidade inundará.

HÉCUBA

Ai!
Os membros tremem. Conduzi meus passos.
À frente, à triste
jornada escrava de uma vida.   1.330

CORO

Ai! Urbe de amargura. Mas dirige
teu passo à nau remeira dos aqueus.

*(O coro e Hécuba passam pela mesma entrada por onde saíra
Taltíbio.)*

Tragédia após tragédia

Trajano Vieira

Eurípides pode ser considerado o primeiro autor de vanguarda da literatura ocidental. Mesmo os helenistas contrários a essa designação, que encontram em sua obra mais semelhanças do que diferenças em relação a Sófocles, admitem seu caráter inovador, para não dizer desconcertante. Um agudo estudioso do poeta, Donald Mastronarde,[1] emprega justamente o termo vanguarda ao se referir a ele; Edith Hall,[2] na mesma direção, recorre à expressão politonalidade, quando fala da mescla original de registros que configuram seu universo.

O estranhamento causado pelo uso original da linguagem dramática ajuda a entender a recepção paradoxal de *As Troianas* ao longo da tradição. A questão diacrônica tem sido examinada exaustivamente pelos helenistas nos últimos anos. Leitores interessados na teoria da recepção, cujos expoentes foram Wolfgang Iser e Hans Robert Jauss, assim como no conceito de desvio ou desleitura formulado por Harold Bloom, encontrarão em *As Troianas* um campo fértil de estudo. Arrisco dizer que nenhuma outra tragédia se presta mais a esse tipo de abordagem do que ela.

---

[1] Donald Mastronarde, "Tragedy and Genre: The Terminology and its Problems", *Illinois Classical Studies*, 24/25, 1999-2000, p. 34.

[2] Edith Hall, *The Trojan Women and Other Plays*, Oxford: Oxford University Press, 2001, p. xiii.

Sobretudo duas questões têm norteado a vasta bibliografia sobre a peça, representada originalmente em março de 415 a.C., em Atenas. Estaria Eurípides aludindo a um episódio contemporâneo, mencionado por Tucídides (5.84, 114-16), concernente à invasão de Melos, cuja neutralidade na guerra do Peloponeso foi rechaçada por Atenas, que invade a ilha, mata os adultos homens e vende ou escraviza as mulheres e as crianças? Esse assunto continua a ser objeto de debate entre especialistas, e a ele retornou David Kovacs na introdução da mais recente edição crítica da tragédia.[3] O autor concorda com aqueles que negam a possibilidade de um episódio histórico, ocorrido em dezembro de 416, ter sido objeto de uma obra apresentada em março de 415. Eurípides não teria tido condições de compor, obter financiamento e montar *As Troianas* em tão curto espaço de tempo. Deve-se registrar, por outro lado, que a terrível investida ateniense em Melos não foi uma ação incomum durante a guerra do Peloponeso, como sugerem os comentários de Tucídides sobre a invasão de Plateia e Mitilene.

A ideia de que *As Troianas* denunciaria atrocidades históricas cometidas particularmente contra mulheres e crianças durante a guerra do Peloponeso motivou a leitura ou a desleitura de dramaturgos responsáveis pelo grande sucesso de montagens da obra no século XX. Refiro-me à análise segundo a qual a tragédia teria caráter antibélico. A conhecida adaptação de Sartre (1965) adota essa perspectiva, conforme a entrevista do autor incluída como prefácio a *Troyennes*.[4] O filósofo deixa clara sua intenção de denunciar as atrocidades perpetradas pela França na Argélia e a ameaça nuclear. A montagem do drama coube a Michael Cacoyannis que, em 1971, dirigiu um filme inspirado na mesma obra, estrelado

---

[3] David Kovacs, *Euripides, Troades*, Oxford/Nova York, Oxford University Press, 2018.

[4] Texto reproduzido neste volume, pp. 159-65.

por Katherine Hepburn, Irene Pappas e Vanessa Redgrave. Registre-se que o filme foi censurado por uma junta militar na Grécia. Inúmeras montagens relevantes deram continuidade a esses trabalhos, como a de Tadashi Suzuki, autor de vanguarda que confere um tom apocalíptico à catástrofe nuclear de Hiroshima. Em 2006, uma adaptação do escritor nigeriano Femi Osofisan (nome adotado por Olakunbi Ojuolape Olasope), *Women of Owu*, ambientada no século XIX, enfatizou a agonia das sobreviventes do reino de Owu. Em 1974, Ellen Stewart, fundadora do La MaMa Experimental Theater Club de Nova York, patrocinou a adaptação da peça, sob a direção do romeno Andrei Serban, que percorreu mais de trinta países ao longo de quarenta anos. Na tradição de leitura antibélica de *As Troianas*, cabe referir o papel pioneiro da tradução de Gilbert Murray (1905), que estabelece um paralelo entre os acontecimentos do drama e os horrores da guerra dos bôeres.

As adaptações modernas, que se somam a muitas outras mais recentes de cunho feminista, evidenciam os desvios criativos de uma obra clássica ao longo do tempo. Não se trata de desconsiderar a relevância desta ou daquela leitura, pois o fenômeno da recepção a que aludi caracteriza-se justamente pela correspondência de uma determinada obra à expectativa de um tempo, mas de buscar no original outros aspectos preteridos nesse percurso. Lançando mão de um trocadilho, Barbara Goff chama a atenção para a diferença entre "stage" e "page", referindo-se com a primeira palavra às representações modernas de *As Troianas* e, com a segunda, ao que o exame do texto nos permite entrever.[5]

Em sua surpreendente aparição, Cassandra está longe de negar a importância da guerra na construção da glória

---

[5] Barbara Goff, *Euripides: Trojan Women*, Londres, Bloomsbury, 2009, p. 12.

do herói. A personagem reproduz a noção homérica da preservação da honra eterna, mesmo diante da derrota troiana. Sem a guerra, o renome dos troianos teria se perdido (verso 386), e desconheceríamos a fama de Heitor (394-7) e de Páris (398-9).

Há outros elementos a se destacar na fala de Cassandra, que nos indicam o caráter inovador de Eurípides e a consciência de seu projeto arrojado. A personagem sai da tenda em estado de delírio, entoando um canto nupcial (352), empunhando uma tocha. O que ela profere é uma paródia desse gênero de hino, pois suas "núpcias" com Agamêmnon causarão, como se sabe, sua morte. Mas chamo a atenção para outro ponto. Não só aos olhos de Hécuba, Cassandra, sacerdotisa de Apolo, aparece em estado frenético, como uma mênade (349). A própria personagem se vê como bacante (367). Não deixa de ser paradoxal a manifestação de autoconsciência do estado de transporte anímico. Essa condição se dá, no mais das vezes, pelo vigor da alucinação e pelo descontrole. Curiosamente, embora reconheça seu estado de possuída (366: *éntheos*), Cassandra não encontra nenhuma dificuldade em sair do "delírio extático". E emprega um verbo convencional que introduz normalmente o discurso lógico racional (365: "demonstrarei"...). Ou seja, sua razão não se encontra efetivamente submetida ao deus, ao contrário do que ela mesma afirma, pois basta uma decisão sua para sair do transe aparente. Fica a impressão de que a personagem não só parodia o canto esponsalício tradicional, como representa o delírio em que efetivamente não se encontra. Constata-se, pois, o efeito metateatral, recorrente em Eurípides, através do qual a personagem simula o frenesi vinculado ao deus do teatro, representando esse estado no interior do próprio drama.

A explicitação da consciência que o personagem exibe de sua própria função é um traço marcante em Eurípides. Refiro, a esse respeito, o início do primeiro estásimo (511-

67). O coro invoca a Musa nos moldes da épica ("Canta, Musa, acerca de Ílion..."), para imediatamente se afastar dessa tradição, explicitando o objeto do verbo: "a melodia fúnebre de novos cantos". O coro qualifica o próprio canto como novo, distanciando-se da tradição épica. A sintaxe "forçada" e a linguagem "luxuriante" no final do coro[6] indicam a influência que o "músico de vanguarda" Timóteo de Mileto, de quem Eurípides foi amigo, parece ter exercido sobre o poeta.[7] Aliás, noto de passagem, a nova técnica lírica de Eurípides também transparece no segundo estásimo (799-859), com sua "linguagem altamente decorativa", como o composto da abertura *melissotróphou* ("nutriz-de-abelhas"), que lembra o "bee-loud isle" de Yeats.[8] Mas voltemos ao primeiro estásimo, apenas para salientar que a novidade aludida tem a ver não só com a perspectiva inédita em que se baseia o canto, não mais sujeito à tradição da épica, mas também com a situação original de quem o profere: o coro de mulheres que, nesta peça, participam como personagens dramáticos e não como vozes deslocadas à margem da ação.

Esse tipo de inovação dramática não ocorre isoladamente em episódios, mas concerne à própria concepção teatral do autor, nem sempre recebida, diga-se de passagem, positivamente. Schlegel esboçou juízo negativo sobre *As Troianas*, peça pouco palatável ao ideal clássico. Faltariam ao drama elementos característicos, desde Aristóteles, do gênero trágico, como a reviravolta do destino e, a partir dela, a consciência reveladora da condição do personagem. Schlegel critica o que seria a exibição do "acúmulo de sofrimento sem

---

[6] Cf. Vincenzo Di Benedetto, *Troiane*, Milão, Rizzoli, 2018, p. 178.

[7] Ver Armand D'Angour, *The Greeks and the New: Novelty in Ancient Greek Imagination and Experience*, Cambridge, Cambridge University Press, 2011, p. 194.

[8] Cf. Kovacs, *op. cit.*, pp. 250 e 252.

solução", ou o diálogo entre Hécuba e Helena, que levaria a lugar nenhum.[9] Só no século XX essa opinião seria revista. A sucessão de episódios estrutura a tragédia, cuja coerência decorre da interlocução dos personagens com Hécuba, que permanece no palco do começo ao fim. A reviravolta ocorre efetivamente pouco antes do início do drama, com a queda de Troia, e é no efeito da destruição da cidade sobre o futuro das mulheres que o autor se detém. Eurípides aborda, portanto, não só o passado, que perpassa os diálogos como parâmetro idealizado da grandeza perdida, como o futuro, angustiosamente projetado por Hécuba, Cassandra, Andrômaca, Helena e pelo coro.

Nem sempre a *Poética* de Aristóteles oferece a melhor chave de leitura para Eurípides, embora o filósofo o considerasse "o mais trágico dos poetas" (53a, 29). O interesse do poeta em expandir os horizontes da tragédia se evidencia em *As Troianas* desde o prólogo, em que dois deuses dialogam sobre episódios que ocorrerão não no que leremos a seguir, como costuma ocorrer na introdução, mas depois de sua conclusão. A peça abre com o que seria o epílogo. Outro aspecto do proêmio que chama a atenção do leitor diz respeito ao registro extremamente elevado do diálogo entre Posêidon e Palas Atena ("provavelmente o diálogo mais polido da tragédia grega"),[10] que destoa muito da cena seguinte com Hécuba, fazendo recordar o conceito de politonalidade formulado por Edith Hall, a que aludi anteriormente. Mas, do ponto de vista estrutural, não só o proêmio da peça surpreende,

---

[9] Augustus W. Schlegel, *A Course of Lectures on Dramatic Art and Literature* (1825), tradução inglesa de John Black, Londres, J. Templeman and J. R. Smith, 1840, pp. 179-80.

[10] Cf. Michael Lloyd, "The Language of the Gods: Politeness in the Prologue of the *Troades*", em *The Play of Texts and Fragments: Essays in Honour of Martin Cropp*, Leiden, Brill, 2009, p. 192.

como seu desfecho, "a única peça de Eurípides que termina com metro lírico".[11]

Seja do ponto de vista estrutural, seja do ponto de vista episódico, *As Troianas* apresenta aspectos bastante originais. Sua "estrutura aberta", caracterizada pela "justaposição" de quadros, não se perde no aleatório graças à condição de desamparo incontornável em que as personagens se espelham.[12] Uma sequência não decorre necessariamente da anterior, mas nela se reflete, configurando um mosaico elidido pela desolação traumática e pela devastadora condição submissa das sobreviventes. Essa arquitetura do texto surpreende tanto quanto os aspectos específicos de cada sequência. Referi-me, a título de exemplo, à passagem em que Cassandra representa a si mesma como mênade e a aspectos originais do coro. Poderia mencionar ainda o encontro entre Hécuba, Helena e Menelau. Trata-se de um episódio que, do ponto de vista lógico, tem importância reduzida na sequência dos acontecimentos, já que o debate marcado fortemente pela argumentação jurídica não altera a situação anterior. Helena é ou não culpada pela queda de Troia e pelo revés de Menelau? Deve ou não ser punida com a morte? São questões que ocupam o centro do confronto entre Hécuba e Helena, cuja ordem é, para dizer o mínimo, incomum: a defesa de Helena antecede as acusações de Hécuba. Essa inversão propicia, do ponto de vista da argumentação, a técnica de defesa conhecida como *antikategoria*, que se instaura a partir do contra-ataque.[13] Helena antecipa as acusações que supõe que Hécuba lhe fa-

---

[11] Cf. Francis M. Dunn, *Tragedy's End: Closure and Innovation in Euripidean Drama*, Oxford, Oxford University Press, 1996, p. 102.

[12] Ver Donald Mastronarde, *The Art of Euripides: Dramatic Technique and Social Context*, Cambridge, Cambridge University Press, 2015, p. 77.

[13] Ver Edith Hall, *op. cit.*, p. xxvi.

rá e a elas responde. Logo na introdução do encontro, surpreendemo-nos, ou melhor, Menelau se surpreende com a invocação que Hécuba faz de Zeus (884-8):

Alicerce da terra, cuja sédia encima
a terra, incógnito ao saber, sejas quem fores,
necessidade da natura, inteligência
dos mortais, Zeus, a ti suplico, pois em trânsito
por senda silenciosa, guias a justiça.

Desconcertado, o herói a indaga (889): "Do que se trata? Inovas em teu rogo aos deuses". Muito se discute se, em sua prece, Hécuba revelaria influência de Diógenes de Apolônia, Anaxágoras ou de algum outro pensador pré-socrático, mas o fato é que esse tipo de caracterização de Zeus por parte de Hécuba é raro na poesia. Toda a sequência do confronto entre as duas personagens é notável, e, embora não seja meu intuito esmiuçar os argumentos, destaco que Hécuba opera uma desconstrução do episódio do julgamento de Páris, negando sua existência. A matriarca troiana baseia sua abordagem na razoabilidade: por que Hera, esposa de Zeus, daria importância à opinião de um mortal sobre sua própria beleza? Por que Palas Atena participaria de um concurso de beleza, deusa que solicitara ao pai a virgindade, distante do leito nupcial? Hécuba vai mais longe: nega a representação antropomórfica de Afrodite e sua ação junto aos homens. Na verdade, a própria mente de Helena teria se tornado Afrodite ao vislumbrar a beleza de Páris (987-88). O que é curioso é que, como se fosse uma filóloga, a anciã respalda sua explicação numa (falsa) etimologia de Afrodite, que derivaria de *aphrosyne*, "insensatez" (990)...

Contudo, cabe lembrar, contra a argumentação de Hécuba, que na primeira peça que compõe, com *As Troianas*, a tetralogia (pela ordem: *Alexandre*, *Palamedes*, *As Troianas* e o drama satírico *Sísifo*), o julgamento de Páris é aludido profeticamente por Cassandra. Trata-se, pois, de um aconte-cimento previsto por uma intermediária do deus, o que inviabiliza a negação do episódio por parte de Hécuba em *As Troianas*. Se Hécuba o aceitasse, teria de aceitar outra passagem, mencionada por Helena, e que também aparece em *Alexandre*, de que restaram alguns fragmentos. Refiro-me ao sonho de Hécuba. A personagem sonha que daria à luz um tição, responsável pela futura destruição de Troia. Tem a opção de procriar ou não. Gera Páris, entrega-o a um camponês, incapaz de executá-lo pessoalmente, e o acolhe quando, adulto, retorna incógnito a Troia e derrota o irmão Deífobo numa competição esportiva. Logo, não falta razão a Helena quando acusa Hécuba como uma das responsáveis pela ruína de Troia.

No desfecho da tragédia, Hécuba é conduzida à frente da cidade dizimada. No cenário desolador, mantém com o coro o diálogo final. O tema da despedida gira em torno do nome, da perpetuação do nome e do apagamento da memória. Nos versos 1244-5, Hécuba retoma o motivo recorrente em Homero (*Ilíada*, VI, 357-8; *Odisseia*, VIII, 579-80): se os deuses não causassem nossa destruição, nos tornaríamos invisíveis (*aphaneis*), não seríamos tema de cantos no futuro. Logo a seguir, como em resposta a essa colocação de Hécuba, o coro prevê o inverso (1323): o nome desta terra também desaparecerá (*aphanés eisin*; literalmente, se tornará invisível). Não só a cidade, mas seus cidadãos estão fadados ao anonimato (1319: *anonymoi*). Duas visões sobre a presença na memória se defrontam no epílogo da obra: a de Hécuba, de matriz homérica, que afirma que a destruição é preservada em temas da poesia, e a trágica, que coloca exatamente o contrário, a desaparição no tempo dos vestígios de sua grandeza.

Aflição, angústia e ansiedade perpassam essa tragédia construída deliberadamente pela sucessão episódica, onde não cabe o imprevisível, responsável pela alteração do padrão dos acontecimentos. Não é uma tragédia sobre acontecimentos, mas sobre seu efeito na experiência feminina. As novas situações, que são poucas, ocorrem simplesmente para agravar ainda mais a agonia e a desolação das personagens, sobretudo de Hécuba. A ruína da magnitude épica expõe a incontornável fragilidade humana, não mais sob o véu da idealidade, mas sob a luz da miséria e da submissão.

Métrica e critérios de tradução

A estrutura métrica da tragédia grega é bastante complexa. Nos diálogos, predomina o trímetro jâmbico, que possui o seguinte esquema:

x — ᵕ — x — ᵕ — x — ᵕ —

Em outros termos, a primeira sílaba do segmento ("pé") pode ser breve ou longa; a segunda, longa; a terceira, breve; a quarta, longa. Essa unidade é repetida três vezes no verso. Em lugar da alternância entre sílabas átonas e tônicas, em grego o ritmo varia entre breve e longa (esta última tendo duas vezes a duração da breve).

Por outro lado, a métrica dos coros é bastante diversificada e apresenta dificuldade ainda maior de escansão, decorrente, entre outros motivos, do acúmulo de elisões e cesuras, bastante comuns nesses entrechos.

Na tradução de *As Troianas*, uso o dodecassílabo na maior parte dos diálogos, com variação acentual, respeitando os parâmetros rítmicos possíveis para esse tipo de verso em português. Nos episódios corais e nos diálogos que não seguem o padrão do trímetro jâmbico, emprego o verso livre, privilegiando a acentuação nas sílabas pares.

Adotei procedimento semelhante na tradução da *Medeia*, de Eurípides (São Paulo, Editora 34, 2010), onde, numa nota sobre o assunto, incluí alguns comentários.

Sobre o autor

Os dados biográficos sobre Eurípides são escassos e, em sua maioria, fazem parte do anedotário, com base sobretudo no personagem cômico "Eurípides", recorrente na obra de Aristófanes (a alusão, por exemplo, ao fato inverídico de sua mãe ser uma verdureira nas *Tesmoforiantes...*). Durante o período helenístico, turistas estrangeiros eram conduzidos a uma gruta em Salamina onde Eurípides teria dado asas à imaginação, isolado do mundo... Não se sabe ao certo se ele ou um homônimo praticou também a pintura, já que, segundo um de seus biógrafos, quadros atribuídos a ele eram expostos em Mégara. Eurípides nasceu em *c.* 480 a.C. na ilha de Salamina e morreu em 406 a.C. na Macedônia, para onde se transferiu em 408 a.C., a convite do rei Arquelau. Seu pai, Mnesarco, era proprietário de terras. Sua estreia num concurso trágico ocorreu em 455 a.C., ano da morte de Ésquilo. Obteve poucas vitórias (apenas quatro primeiros prêmios, o mais antigo, de 441 a.C., aos quarenta anos de idade), fato normalmente evocado para justificar o amargor do exílio voluntário. Das 93 peças que tradicionalmente lhe são atribuídas, chegaram até nós dezoito, oito das quais datadas com precisão: *Alceste* (438 a.C.), *Medeia* (431 a.C.), *Hipólito* (428 a.C.), *As Troianas* (415 a.C.), *Helena* (412 a.C.), *Orestes* (408 a.C.), *Ifigênia em Áulis* e *As Bacantes* (405 a.C.). As peças compostas na Macedônia foram representadas postumamente em Atenas por seu filho homônimo: *Ifigênia em Áulis, Alcméon em Corinto* e *As Bacantes*. Diferentemente de Ésquilo e Sófocles, Eurípides não teve participação política nos afazeres de Atenas. Nesse sentido, Aristóteles menciona na *Retórica* (1416a, 29-35) o processo de "troca" (*antídosis*) em que o escritor teria se envolvido, levado a cabo por Higienon, provavelmente em 428 a.C. Segundo esse tipo de processo, um cidadão poderia encarregar outro de uma determinada atividade em prol da cidade. Em caso de recusa, teria o direito de propor a troca de patrimônio. E o primeiro caso de *antídosis* de que se tem notícia é justamente esse contra Eurípides. São conhecidas as passagens das *Rãs* de Aristófanes (ver, por exemplo, o verso 959) em que se fala de sua predileção pela representação de situações cotidianas, e da *Poética* (1460b, 33 ss.), em que Aristóteles comenta que, diferentemente de Sófocles, o qual apresenta os homens "como deveriam ser", Eurípides os representa "como são". Já na Antiguidade, com Longino (*Do sublime*, XV, 4-5), alude-se à sua maneira de representar naturalisticamente a psique humana, sobretudo feminina (de fato, são numerosas as personagens que surgem sob esse enfoque: Medeia, Hécuba, Electra, Fedra, Creusa). Entre as inovações que introduziu no teatro, cabe lembrar o recurso do *deus ex machina*, a aparição sobrevoante, por meio de uma grua, de um deus (aspecto criticado por Aristóteles na sua *Poética*, 1454b, 2 ss.).

Sugestões bibliográficas

ALEXIOU, Margaret. *The Ritual Lament in Greek Tradition.* Lanham, MD: Rowman & Littlefield, 2002 (2ª ed.).

BURIAN, Peter. "Introduction", in Alan Shapiro (trad.), *Euripides: Trojan Women* (Greek Tragedy in New Translations). Oxford: Oxford University Press, 2009, pp. 3-25.

CONACHER, D. J. *Euripidean Drama: Myth, Theme and Structure.* Toronto: University of Toronto Press, 1967.

CROALLY, Neil T. *Euripidean Polemic: The Trojan Women and the Function of Tragedy.* Cambridge: Cambridge University Press, 1994.

DUNN, Francis M. *Tragedy's End: Closure and Innovation in Euripidean Drama.* Oxford: Oxford University Press, 1996.

GOFF, Barbara. *Euripides: Trojan Women.* Londres: Duckworth, 2009.

GREGORY, Justina. *Euripides and the Instruction of the Athenians.* Ann Arbor: University of Michigan Press, 1991.

HALL, Edith. *Inventing the Barbarian: Greek Self-Definition through Tragedy.* Oxford: Oxford University Press, 1989.

KOVACS, David. "Gods and Men in Euripides' Trojan Trilogy", *Colby Quarterly*, v. 33, nº 2, 1997, pp. 162-76.

LEFKOWITZ, Mary R. *Euripides and the Gods.* Oxford: Oxford University Press, 2016.

LLOYD, Michael. *The Agon in Euripides.* Oxford: Oxford University Press, 1992.

MASTRONARDE, Donald J. *Contact and Discontinuity: Some Conventions of Speech and Action on the Greek Tragic Stage.* Berkeley: University of California Press, 1979.

MERIDOR, Ra'anana. "Plot and Myth in Euripides' *Heracles* and *Troades*", *Phoenix*, v. 38, nº 3, 1984, pp. 205-15.

Roisman, J. "Contemporary Allusions in Euripides' *Trojan Women*", *Studi Italiani di Filologia Classica*, v. 15, 1997, pp. 38-47.

Scodel, Ruth. *The Trojan Trilogy of Euripides* (Hypomnemata 60). Göttingen: Vandenhoeck & Ruprecht, 1980.

_____. "The Captive's Dilemma: Sexual Acquiescence in Euripides *Hecuba* and *Troades*", *Harvard Studies in Classical Philology*, v. 98, 1998, pp. 137-54.

Sullivan, James Jan. "The Agency of the Herald Talthybius in Euripides' *Trojan Women*", *Mnemosyne*, v. 60, n° 3, 2007, pp. 472-7.

Excertos da crítica

"O final da peça não deixa dúvidas sobre o rigor da visão trágica de Eurípides. Ele nunca sugere que os prazeres da lamentação, a certeza da punição dos gregos ou a promessa de imortalidade pela poesia possam em alguma medida corresponder a uma compensação proporcional aos sofrimentos das troianas. Mas embora o *logos* não contrabalance o *ergon*, tampouco ele é uma derrisão ou um subterfúgio. *As Troianas* corroboram o poder do *logos* de ajudar os seres humanos a tolerar o intolerável. É portanto em seu próprio presente, e não apenas no futuro remoto imaginado por Hécuba, que a linguagem mitiga o sofrimento das mulheres.

O *logos* assume muitas formas para as troianas, cada uma lhes possibilitando ver sua situação sob uma nova luz — lamento, canto nupcial, bênção, encômio, insulto, imprecação, prece, debate, epitáfio. Ele lhes permite articular, e assim manter, pontos de vista estabelecidos no passado. Ele lhes permite impor ordem a um universo cuja inteligibilidade de outra forma permanece oculta. Há tantas versões dessa ordem quanto personagens na peça, mas o processo de representação pela linguagem é exaltado como uma atividade humana distinta e redentora.

É evidente que não foram as troianas que tiveram a aptidão de dar formas tão astuciosas ao *logos*, mas seu criador. A linguagem do infortúnio foi a que Eurípides compreendeu melhor, pois a transmutação da angústia em uma aprazível comoção faz parte da própria alquimia da tragédia. Ele também conhecia em primeira mão as limitações do *logos*. Eurípides podia oferecer a seus concidadãos atenienses a perspectiva do poeta sobre os acontecimentos — nesta peça, uma visão mais admonitória das consequências da guerra do que qualquer outra que eles pudessem ouvir na assembleia —, mas não podia esperar nem desejar ter influência direta sobre os acontecimentos. Para o poeta, diferentemente do retórico, as palavras não tinham consequência sobre a ação.

Ainda assim, havia exceções. *As Troianas* foi produzida às vésperas da expedição para a Sicília, uma aventura imperialista que terminou em desastre para Atenas. Dos quarenta mil atenienses que sobreviveram à batalha final no porto de Siracusa, a maioria foi massacrada durante uma tentativa de retirada por terra. Os sobreviventes, cerca de sete mil, foram feitos prisioneiros e enviados para as pedreiras locais. Ao recontar como alguns conseguiram sobreviver, Plutarco [*Nícias*, 29] narra uma história tão comovente que gostaríamos de acreditar que é verdadeira:

> 'Muitos foram salvos graças a Eurípides, cuja poesia, ao que parece, era muito requisitada entre os sicilianos... Conta-se que muitos dos cativos que voltaram a salvo para Atenas, depois de chegar em casa, foram ter com Eurípides e o agradeceram, narrando como alguns haviam sido libertados de sua escravidão ao ensinar o que podiam lembrar de seus poemas, e outros, ao vagarem perdidos depois da luta, receberam comida e bebida depois de cantarem algumas de suas canções.'

Deve ter alegrado o coração de Eurípides saber que seus *logoi* salvaram os concidadãos atenienses na hora do apuro."

Justina Gregory (*Euripides and the Instruction of the Athenians*, Ann Arbor, The University of Michigan Press, 1997)

"Em três das peças que datam da última década da vida de Eurípides, Helena aparece como personagem (*As Troianas*, *Helena* e *Orestes*). Em sua *Helena*, de 412 a.C., ele usaria a versão do mito que reivindicava que quem foi para Troia não foi a heroína ela própria, mas um simulacro moldado nas nuvens; através deste re-

curso, ele pôde usar a heroína mítica para explorar questões susci-
tadas por filósofos contemporâneos nos campos da ontologia (o
que é o ser?) e da epistemologia (como conhecemos as coisas?). Mas
os gregos tinham outra questão filosófica, ainda mais premente —
como devemos viver? —, e antes de Platão, a partir da *Ilíada*, os
debates éticos travados nas narrativas míticas sobre a culpa pela
carnificina em Troia — debates nos quais o nome de Helena recorre insistentemente — são os mais importantes precursores da filo-
sofia *moral* grega. Em *As Troianas* Eurípides faz seus personagens
exercitarem os músculos intelectuais e teológicos ao tentarem encontrar uma razão para a catástrofe, um impulso que a pressão do
luto logo transforma em busca por um único bode expiatório — a
espartana Helena — que carregue toda a culpa.

No nível sobre-humano, Hécuba, em seus momentos mais re-
flexivos, pode ver em ação forças abstratas como a necessidade ('o
que se impõe') e o acaso (616, 1204), além do ódio particular que
os deuses nutriam contra Troia (612-3, 696, 1241). O coro suspeita de que o próprio Zeus, o supremo deus do Olimpo, traiu a cidade que antes ele bem amara (1060-70); o próprio Posêidon culpa
as deusas Hera e Atena pela destruição de Troia (8-12, 24); outros,
por vezes, alegam que o deus da guerra, Ares, é individualmente
responsável pela carnificina (376, 560). Mas culpar forças metafí-
sicas e divinas não satisfaz as traumatizadas mulheres de Troia.
Tampouco reconhecer a culpabilidade dos agentes masculinos no
drama da guerra, seja Odisseu, que teve a ideia de matar o menino
Astiánax (1225); seja Páris, quem primeiro ofendeu os filhos de
Atreu (598); ou, de forma coletiva, os gregos invasores, denuncia-
dos por Andrômaca na famosa e paradoxal apóstrofe: 'Ó gregos,
inventores de suplícios bárbaros' (764). Em um momento de pro-
fundo *insight* psicológico, Hécuba consegue ver que foi o *medo* dos
gregos, medo, sobretudo, daquilo que Astiánax um dia poderia vir
a ser, que fez com que agissem de forma tão abominável (1159-65).
Mas nem mesmo essas figuras de ódio masculinas se mostram ade-
quadas diante da necessidade das troianas de um foco para sua fúria. É principalmente Helena que Hécuba culpa pela morte de Prία-
mo e por todo o seu infortúnio pessoal (130-7, 498, 969-1302 etc.),
o coro concorda com ela (1111-7), e a extenuada Andrômaca vai

ainda mais longe, denunciando sua adorável cunhada como a descendente de uma série de forças malignas — 'Phonos Massacrador, Alástor Vingador, Phtonos, Rancor, e Tânatos, e quanta agrura a terra nutra' (768-9).

A questão da culpa é enfatizada de forma mais profunda pelo surpreendente discurso de defesa de Helena, no qual ela explora ao máximo a técnica de defesa dos antigos retóricos, a *antikategoria* — ou defesa através do contra-ataque —, ao culpar os outros próprio crime de que é acusada. Helena considera praticamente todo mundo, menos ela, culpado por causar a Guerra de Troia: Hécuba por ter dado Páris à luz; Príamo por ter falhado completamente em levar a cabo o abandono de seu filho recém-nascido (912-22); Afrodite por exercer um poder irresistível; e Páris, por 'forçá-la' de todo modo ao casamento (959-65). A peça, portanto, mostra com devastadora nitidez não apenas como os homens em tempos de guerra tratam as mulheres e as crianças, mas também como as mulheres barbarizadas pelos homens culpam as outras mulheres, e como os humanos em desespero exaurem sua energia emocional atribuindo culpa e exigindo punição em vez de pensar de forma construtiva sobre o futuro. Mas para Troia, obviamente, não há futuro: como entoa o coro no canto fúnebre final, 'Feito fumaça de asas celestes, o país sucumbe à lança que o arruína' (1297-9)."

> Edith Hall ("Introduction", *Euripides, The Trojan Women and Other Plays*, tradução e edição de James Morwood, Oxford, Oxford University Press, 2001)

"Em *As Troianas*, ao mesmo tempo que somos convocados a nos identificar com os vencidos, também somos chamados a julgar, e condenar, os vencedores. Vários oradores buscam nos persuadir de que os gregos são bárbaros, e até mesmo de que os bárbaros são gregos. No entanto não há polarização fácil nem sequer entre gregos maus e troianos bons, já que também somos chamados a endossar a hipótese mais complicada de que Hécuba, e não Helena, foi a responsável pelo início da Guerra de Troia.

Se seguirmos brevemente esta linha de investigação forense, talvez recordemos que o propósito da compaixão humana orquestrada pelo teatro de Hamlet era revelar a culpa do rei. Uma dinâmica similar está em ação num antigo relato sobre a reação do público às *Troianas*. O tirano do século IV Alexandre de Feres, conhecido por ter criado inventivas execuções para seus inimigos, precisou deixar o teatro 'pois estava constrangido de que os cidadãos pudessem vê-lo, e logo a ele, que nunca lamentara qualquer homem que tivesse matado, pranteando os sofrimentos de Hécuba e Andrômaca' (Plutarco, *Pelópidas*, 29, 4-6). Não apenas as representações de acontecimentos lastimáveis são devastadoras para o espectador, como também o é a dissecação da culpa e da inocência levada a cabo pela peça. A noção de que Hécuba possa ser responsável pela Guerra de Troia é uma indicação de que culpa e inocência tornam-se difíceis de distinguir, e *As Troianas* sugere ainda que a derrota e a vitória em si mesmas não são muito diferentes uma da outra, ou a rigor podem ter trocado de lugar. Consequentemente, podemos acabar descobrindo que devemos nos identificar tanto com os gregos assassinos quanto com os troianos sofredores. É essa dialética de vitória e derrota, de culpa e inocência, tanto quanto a representação da perda e do infortúnio associados ao conflito, que levou a peça a ser evocada repetidas vezes como um libelo contra a guerra."

Barbara Goff (*Euripides: Trojan Women — Companions to Greek and Roman Tragedy*, Londres, Bloomsbury, 2009)

"*As Troianas* apresenta o terrível impacto da guerra, mas a rigor ela não é uma peça contra a guerra. Tanto Cassandra quanto Hécuba insistem na nobreza e no valor dos troianos. A guerra, para os gregos, com frequência parecia ser um mal inescapável, e eles não pensavam que ela pudesse desaparecer algum dia. Como muitos outros tratamentos gregos da Guerra de Troia, a peça sugere que Helena não merecia tanto sofrimento, e também trata dos limites aceitáveis da violência. A 'mensagem' de *As Troianas* é a mensagem mais consistente da tragédia grega — que os destinos humanos mudam, que não se pode presumir nada como permanente. Certa vez Troia gozou do favor divino, belamente evocado no canto coral, mas agora a cidade está sendo destruída para sempre.

Essa consciência da fragilidade é a base da moralidade trágica. Os mortais precisam estar conscientes de que os infortúnios dos outros podem recair sobre si mesmos, e devem portanto demonstrar moderação. Os gregos, que no início da peça já haviam ofendido os deuses, assassinam Astiánax; eles temem a possibilidade de que o garoto se torne perigoso ao crescer, mas não temem a retaliação divina por sua impiedade durante o saque de Troia. Agamêmnon leva Cassandra e não tem ideia de que Clitemnestra está à sua espera para assassiná-lo. Embora a peça dignifique o heroísmo militar e não endosse o pacifismo, ela desencoraja a guerra pela guerra e a crueldade excessiva que tantas vezes a acompanha. Atena e Posêidon, que no prólogo se voltam contra os gregos, eram os protetores especiais da própria Atenas. No contexto da época, das recentes atrocidades da guerra e da expedição à Sicília, a peça sugere que a guerra deve ser levada a cabo apenas por uma grande causa, e com a consciência de que ela leva as pessoas a esquecerem seus limites enquanto mortais."

Ruth Scodel ("Introduction", in Euripides, *Andromache, Hecuba, Trojan Women*, tradução de Diane Arnson Svarlien, Indianapolis, Hackett Publishing Company, 2012)

Sobre *As Troianas*

Jean-Paul Sartre[1]

Ao contrário do que em geral se acredita, a tragédia grega não é um teatro selvagem. Imaginamos os atores saltando, rugindo e rolando no palco, tomados por um transe profético. Mas esses atores falam através de máscaras e caminham sobre coturnos. O espetáculo trágico, representado em condições tão artificiais quanto rigorosas, é antes de tudo uma *cerimônia*, que visa a impressionar o espectador, é claro, mas não a mobilizá-lo. Nele, o horror se faz majestoso e a crueldade, solene. Isso se aplica a Ésquilo, escrevendo para um público que ainda acreditava nas grandes lendas e na potência misteriosa dos deuses. Mas se aplica ainda melhor a Eurípides, que marca o fim do ciclo trágico e a passagem a outra forma de espetáculo: a comédia "média" de Menandro. Pois na época em que Eurípides compõe *As Troianas*, as crenças haviam se tornado mitos mais ou menos suspeitos. O espírito crítico dos atenienses, incapaz ainda de derrubar os velhos ídolos, já era capaz de contestá-los. A representação mantinha seu valor ritual. Mas o público estava mais interessado na maneira de dizer do que no que era dito; e as passagens tradicionais de bravura, que apreciavam como especia-

---

[1] Entrevista concedida a Bernard Pingaud para o jornal *Bref*, periódico mensal do Théâtre National Populaire, em fevereiro de 1965 (e reproduzida como "Introdução" a Eurípides, *Les Troyennes*, adaptação de Jean-Paul Sartre, Paris, Gallimard, 1966). Tradução e notas de Camila de Moura.

listas, cobravam um novo sentido a seus olhos. Com isso, a tragédia se transforma numa conversa por meias-palavras a respeito de lugares-comuns. As expressões empregadas por Eurípides são aparentemente as mesmas que as de seus predecessores. Mas, como o público não acredita mais nelas, ou acredita menos, elas soam de outro modo, dizem outra coisa. Basta pensar em Beckett ou Ionesco, o fenômeno é o mesmo: trata-se de utilizar o clichê para destruí-lo por dentro, e é natural que a demonstração seja tanto mais impactante quanto mais evidente for o emprego do clichê, ou mais brilhante. O público ateniense "recebeu" *As Troianas* como o público burguês recebe hoje o *Godot* ou *A Cantora Careca*: extasiado por entender os lugares-comuns, mas ao mesmo tempo consciente de estar assistindo à sua decomposição.

Disso resulta uma grave dificuldade para o tradutor. Se, fiel à letra do texto, eu digo "a aurora de asas brancas", ou que Atenas é "brilhante como azeite", será como se estivesse adotando a linguagem do século XVIII. Eu estaria dizendo o clichê; mas o espectador francês de 1965, incapaz de adivinhar o que ele significa — pois o contexto religioso e cultural que ele evoca não existe mais —, o tomaria ao pé da letra. Tal é a armadilha da tradução, de resto excelente, publicada na coleção Budé:[2] afirma-se o clichê ao invés de destruí-lo. Daqui a quatro ou cinco séculos, os comediantes que quiserem interpretar Beckett ou Ionesco terão diante de si um problema idêntico: como marcar a distância entre o público e o texto?

Entre a tragédia de Eurípides e a sociedade ateniense do século V a.C. há uma ligação implícita que agora só podemos enxergar de fora. Se eu quiser tornar essa ligação palpá-

---

[2] Coleção editorial de clássicos gregos e latinos também conhecida como Collection des Universités de France ("Coleção das Universidades da França", ou CUF), publicada pela editora francesa Les Belles Lettres com apoio da Associação Guillaume Budé. (N. da T.)

vel, não posso me contentar em traduzir a peça, será preciso *adaptá-la.*

Uma linguagem puramente imitativa estava fora de questão, assim como a transposição ao francês moderno falado, pois o texto também deve marcar sua própria distância em relação a nós. Por isso, escolhi uma linguagem poética, que preserva no texto seu caráter cerimonioso, seu valor retórico — mas que modifica seu acento. Falando por meias-palavras para um público cúmplice, que embora não acredite mais nas belas lendas, ainda ama que elas lhes sejam contadas, Eurípides pode se permitir efeitos humorísticos ou preciosistas. Pareceu-me que, para obter os mesmos efeitos, eu deveria utilizar uma linguagem menos destrutiva: que o público primeiro leve essas lendas a sério, para em seguida mostrarmos sua ineficácia. Aceitamos o humor subjacente de Eurípides em Taltíbio, pois Taltíbio é o "bravo soldado Švejk",[3] homem médio atravessado pelos eventos, e em Helena, graças a Offenbach.[4] Em todo o resto, havia o risco de destruir não somente os clichês, mas a própria peça. Assim, eu só podia alcançá-lo à distância, obrigando o espectador a fazer um recuo diante do texto.

Mas o problema da linguagem não é o único. Há também um problema cultural. O texto de Eurípides contém numerosas alusões que o público ateniense compreendia imediatamente, mas às quais não somos mais sensíveis, pois nos esquecemos das lendas. Eu suprimi algumas, e desenvolvi

---

[3] Referência às *Aventuras do bom soldado Švejk*, romance satírico do autor tcheco Jaroslav Hašek, publicado entre 1921 e 1923. Por meio dessa personagem entre ingênua e dissimulada, o autor satiriza os horrores da Primeira Guerra Mundial, na qual lutou. Existe edição brasileira, com tradução de Luís Carlos Cabral (São Paulo, Companhia das Letras, 2014). (N. da T.)

[4] Jacques Offenbach, compositor francês nascido na Alemanha, autor da ópera-bufa *A bela Helena* (*La belle Hélène*), encenada pela primeira vez em 1864. (N. da T.)

outras. Os gregos não precisavam, por exemplo, que Cassandra falasse longamente sobre o destino final de Hécuba. Eles sabiam muito bem que, transformada em cadela, ela subiria no mastro do navio que deveria levá-la embora e cairia na água. Mas quando, no fim do drama, vemos Hécuba partir com suas companheiras, poderíamos acreditar que ela seguirá com elas para a Grécia. O desenlace de fato é muito mais forte. Significa que todas as predições de Cassandra se comprovarão: Ulisses levará dez anos para reencontrar sua pátria, a frota grega perecerá num naufrágio, Hécuba não deixará o solo troiano. Por isso acrescentei o monólogo final de Posêidon.

Do mesmo modo, o espectador ateniense sabia que Menelau, depois de ter rejeitado Helena, acaba por ceder e levá-la consigo em seu próprio barco. O coro, em Eurípides, faz uma alusão discreta a esse fato.[5] Mas não há nada que permita ao espectador francês, tendo escutado os sermões de Menelau, imaginar essa reviravolta. Por isso, é preciso mostrá-la: daí o lamento indignado do coro que assiste à partida do navio levando os esposos reconciliados.

Outras modificações têm a ver com o estilo geral da peça. Esta não é uma tragédia, como *Antígona*, mas um *oratório*. Eu tentei "dramatizá-la" acentuando as oposições que permanecem implícitas em Eurípides: o conflito entre Andrômaca e Hécuba; a dupla atitude de Hécuba, que ora se abandona ao sofrimento, ora reclama justiça; a virada de Andrômaca, essa "pequeno-burguesa", que primeiro toma a aparência de esposa, e depois, a de mãe; a fascinação erótica de Cassandra, que se precipita para o leito de Agamêmnon, sabendo, no entanto, que morrerá com ele.

Ora, vocês dirão, nada disso justifica a escolha da peça. É preciso dizer algumas palavras sobre o seu conteúdo. *As*

---

[5] Nesta tradução, "a filha do Cronida mantendo consigo" (v. 1109, p. 113). (N. da T.)

Troianas foi representada durante a Guerra da Argélia, numa tradução bastante fiel de Jacqueline Moatti.[6] Eu fiquei impressionado com o sucesso que esse drama alcançou junto a um público favorável à negociação com a FLN.[7] Evidentemente, esse é o aspecto que primeiro me interessou. Como vocês bem sabem, já no tempo de Eurípides ele tinha um significado político preciso. Era uma condenação da guerra em geral, e das expedições coloniais em particular.

Sobre a guerra, hoje nós sabemos o que isso significa: uma guerra atômica não deixará nem vencedores nem vencidos. É exatamente o que a peça inteira demonstra: os gregos destruíram Troia, mas não obterão por essa vitória nenhum benefício, pois a vingança dos deuses levará todos à morte. Que "todo homem sensato deve evitar a guerra", como afirma Cassandra,[8] é algo que nem mesmo precisava ser dito: a situação de uns e de outros é prova suficiente disso. Eu preferi deixar a Posêidon a palavra final: "Todos vocês morrerão".

Quanto às guerras coloniais, esse é o único ponto em relação ao qual me permiti enfatizar um pouco o texto. Falo diversas vezes da "Europa": é uma ideia moderna, mas que responde à antiga oposição entre gregos e bárbaros, entre a Magna Grécia, cuja civilização se desenvolvia voltada para

---

[6] A Guerra da Argélia foi um violento conflito contra o domínio colonial francês, que se estendeu de 1954 a 1962, quando o país foi declarado independente. A apresentação mencionada por Sartre foi realizada pela companhia Jean Tasso-Edwine Moatti em Arras, em junho de 1961, e em Paris, em novembro do mesmo ano. (N. da T.)

[7] Front de Libération Nationale ("Frente de Libertação Nacional"), partido nacionalista argelino, fundado em 1954, que unificou a resistência contra o exército francês. Estabeleceu o Governo Provisório da República Argelina (GPRA), responsável por negociar o cessar-fogo com o governo francês. Este veio em 1962 com os Acordos de Évian, aprovados num referendo pela população francesa. (N. da T.)

[8] Nesta tradução, "Quem pondera evita a guerra" (v. 400, p. 51). (N. da T.)

o Mediterrâneo, e os estabelecimentos na Ásia Menor, onde o imperialismo colonial de Atenas era exercido com uma ferocidade que Eurípides denuncia sem rodeios. E, embora a expressão "guerra suja" tenha para nós um significado muito preciso, basta remeter ao texto: verão que ela está ali, ou algo muito parecido.

Restam os deuses. Esse é outro aspecto interessante do drama. Nesse ponto, acredito ter seguido muito fielmente o texto de Eurípides. Mas, para tornar inteligível a crítica de uma religião que se tornou completamente estranha para nós, é preciso, mais uma vez, marcar a distância. Os deuses que aparecem em *As Troianas* são a um tempo poderosos e ridículos. Por um lado, eles dominam o mundo: a Guerra de Troia foi obra sua. Mas, quando vistos de perto, percebemos que não se portam de maneira muito diferente dos homens e que, como estes, são presa de pequenas vaidades, de pequenos rancores. "Os deuses têm costas largas",[9] diz Hécuba quando Helena transfere a Atena a responsabilidade por sua má conduta. No entanto, o prólogo demonstra que a deusa é capaz de trair seus próprios aliados por uma ofensa mínima. Por que razão ela não venderia seu santuário a fim de obter um prêmio por sua beleza? Assim como Eurípides só utiliza os clichês para melhor destruí-los, ele também se serve da lenda para fazer aparecer, sempre sem apoiar, tão somente opondo os mitos uns aos outros, as dificuldades de um politeísmo em que o público já não acredita. O monoteísmo escapa a essa condenação? A comovente súplica de Hécuba a Zeus, que surpreende Menelau — e que faz pressentir um tipo de religiosidade *à la* Renan, segundo a qual a história, em última análise, obedeceria a uma Razão suprema —, pode fazê-lo acreditar por um instante. Mas Zeus não vale mais

---

[9] A fala é dita por Hécuba no episódio 10 da adaptação de Sartre, cf. Eurípides, *Les Troyennes*, adaptação de Jean-Paul Sartre, Paris, Gallimard, 1966, p. 101.

que sua mulher ou sua filha. Ele não fará nada para salvar os troianos de uma sorte injusta. Por um singular paradoxo, a irracionalidade de todos os deuses reunidos é o que vingará os troianos.

A peça termina, portanto, no niilismo total. Aquilo que os gregos sentiam como uma contradição sutil — a contradição do mundo no qual lhes tocava viver —, nós, que vemos o drama de fora, reconhecemos como uma negação, uma recusa. Eu quis marcar essa reversão: o desespero final de Hécuba, enfatizado por mim, responde à palavra terrível de Posêidon. Os deuses morrerão junto com os homens, e essa morte comum é a lição da tragédia.

Eurípides, *As Troianas*

Chris Carey[1]

As *Troianas*, de Eurípides, foi encenada como parte de uma trilogia de peças que se passam na Guerra de Troia. Ela incluía *Alexandre*, que contava a história do retorno de Páris, abandonado no nascimento, para reconquistar seu direito inato e para tornar-se, enfim, o destruidor de Troia; e *Palamedes*, o herói grego falsamente acusado de traição por Odisseu e executado pelos gregos. A trilogia como um todo, assim como boa parte da tragédia grega, era uma reformulação de histórias da épica grega. A sensação de estarmos no mundo da épica em *As Troianas* é intensificada pela abertura, na qual Posêidon e Atena se encontram no palco depois da invasão de Troia e fazem um acordo para destruir o exército grego no seu retorno de Troia. Em certo sentido, Eurípides foi o mais épico dos tragediógrafos. E foi, sobretudo, em seu tratamento dos deuses. Eurípides gosta de trazer os deuses fisicamente para o teatro, muito mais do que Ésquilo e Sófocles. Isso nos leva de volta ao mundo épico, no qual os deuses são parte da ação. Nesta peça em especial, a apresentação dos deuses conversando e decidindo o destino dos seres humanos sem o conhecimento destes é reminiscente dos conselhos divinos da narrativa épica. Voltaremos a isso mais adiante.

---

[1] Professor emérito de grego do University College London. Ensaio escrito para a encenação da tragédia de Eurípides no UCL Bloomsbury Theatre, em fevereiro de 2013. Tradução de Nina Schipper.

Todas as três peças dessa trilogia baseavam-se em épicos perdidos do Ciclo Troiano; no entanto, o texto que sobressai em *As Troianas* não são os épicos perdidos de Troia, mas a *Ilíada* de Homero. Apesar de a *Ilíada* girar em torno da ira de Aquiles, ela não é apenas uma história de fúria e violência masculina, mas também uma história de mulheres. Helena, o motivo da guerra, lamentando sua fuga com Páris mas agora presa em uma relação culposa. Quer seja Afrodite forçando seu retorno ao leito de Páris, um homem que ela não mais respeita, ou Páris recusando-se a entregá-la depois de ter sido derrotado em duelo por Menelau, a liberdade de movimento de Helena ficou no passado. Ela não controla mais seu próprio destino. As mulheres de Troia desempenham um papel proeminente como viúvas e mães (Andrômaca, Hécuba), as vítimas passivas da guerra que são menos afortunadas do que os homens. Os homens morrem mas as mulheres continuam a viver, e as mulheres de uma cidade derrotada estão fadadas a se tornar propriedade dos vencedores. Andrômaca, em Homero, prevê claramente seu destino como escrava e concubina depois da morte de Heitor. Em muitos aspectos, *As Troianas* amarra as pontas soltas de Homero. As mulheres que encontramos na *Ilíada* retornam na peça de Eurípides para responder à pergunta: "O que terá acontecido com elas?". No processo, a peça inverte a ênfase da *Ilíada*, um poema de enfoque masculino que vez ou outra contempla as mulheres; *As Troianas* posiciona as mulheres no centro do palco e empurra os homens para as margens, tanto no espaço do teatro quanto no tempo. Os gregos, com exceção de Taltíbio e Menelau, são um poder vago por trás dos bastidores. Os troianos estão mortos. O único troiano na peça é o filho de Andrômaca, Astiánax, outra vítima não combatente. A peça é sobretudo um espaço de mulheres.

Ao seguir o destino subsequente das personagens da *Ilíada*, a peça retrata o fim de um mundo. Troia é paulatinamente demolida, primeiro o seu povo e, por fim, a sua própria estrutura, uma vez que todos os traços da cidade são oblite-rados pelos vencedores. A sensação de que o mundo todo es-tá acabando é enfatizada pela presença do coro, que nos leva de volta ao passado e adiante ao futuro à medida que con-templa seu destino e suas causas. Nesse sentido, a família real é representativa de todas as mulheres de Troia e de cada ci-dade capturada.

No coração da peça está Hécuba, no sentido bastante literal de que ela permanece diante de nós todo o tempo, en-quanto outros personagens vêm e vão. Apesar de haver mui-tas entradas e saídas, há pouco movimento de avanço na tra-ma. Em vez disso, o que vemos é um implacável ataque a Hécuba, à medida que ela é atingida por golpe atrás de golpe. Já em Homero, Hécuba é associada ao sofrimento, uma vez que ela assiste a seu filho Heitor ser perseguido e morto por Aquiles. *As Troianas* lida com a história do sofrimento. Hé-cuba começa a peça naquele que, em termos teatrais, parece ser o momento mais difícil de suas desventuras. Na abertura, Posêidon aponta para ela, prostrada ao solo. Quase temos a impressão de divagar para o fim da história, uma sensação reforçada pelos deuses deixando Troia e decidindo o destino dos gregos, que partem em retirada. Parece que agora tudo está terminado para Hécuba. Essa é a força motriz de sua canção de lamento, as primeiras palavras que ela profere na peça. Agora ela é uma escrava, a cabeça raspada, sua cidade destruída, esperando para ver as sobreviventes serem envia-das para a Grécia como escravas. A peça, entretanto, irá mos-trar que este não é o fim, mas apenas um outro começo. A vida reserva muito mais sofrimento para ela. Nas cenas que se seguem seu mundo é desmantelado a seu redor, uma vez que os membros de sua família são fisicamente afastados pe-lo arauto grego e divididos em lotes ou massacrados. A pri-meira a ir e vir é Cassandra, que nesta peça repete o papel secundário que desempenhou no *Agamêmnon* de Ésquilo, como a profetisa exasperada que enxerga aquilo que as ou-

169

tras pessoas não conseguem ver. Tendo sido violada por Ájax Oileu, como ficamos sabendo por meio da conversa divina no início da peça, ela agora irá se tornar a concubina de Agamêmnon, o líder do exército vitorioso, extensivamente humilhada como Hécuba, mas, em seu caso, para se tornar um objeto para o uso dos outros, de princesa e sacerdotisa virgem a escrava sexual.

Com sua partida, Hécuba cai novamente no chão, destruída. Mas ainda há mais por vir. E imediatamente. A próxima vítima a entrar é sua nora, Andrômaca, a viúva de Heitor. Antes de nos apresentar seu próprio sofrimento, Andrômaca traz notícias de outra filha de Hécuba, Polixena. Esta não é a primeira vez que ouvimos o nome de Polixena na peça. Taltíbio, o arauto grego, havia falado sobre ela antes, de uma forma bastante obscura. Hécuba não o compreendeu. O público sim, pois um dos elementos herdados da épica e da tragédia anterior foi a aparição do espírito de Aquiles para pedir o sacrifício de Polixena como oferenda em seu túmulo; Sófocles havia escrito uma tragédia sobre o tema. Então Hécuba recebe um segundo golpe. A fatalidade é enfatizada pela maneira brutal como Andrômaca descreve a morte — Polixena tem sua garganta lacerada no túmulo de Aquiles. Eurípides trata da mesma história em outra peça sua, *Hécuba*, na qual a nobreza de Polixena ao enfrentar-se com a morte é acentuada. Aqui não há nobreza, apenas brutalidade e desamparada vitimização. Essa cena nos apresenta portanto não uma, mas duas vítimas femininas, já que Andrômaca não apenas conta para Hécuba sobre Polixena como também lamenta seu próprio destino. Ao final da lamentação de Andrômaca, Hécuba, que sofre por todas elas e com elas, vê-se devastada por torrentes de sofrimento. Mas o pior ainda está por vir. Hécuba, ao encorajar Andrômaca a resistir apesar de tudo, observa que, se Andrômaca sobreviver, ela poderá cuidar de seu filho com Heitor, Astiánax, até este atingir a maturidade. Troia não está completamente perdida, já que há outra geração. Enquanto Astiánax sobreviver, Troia também sobreviverá. Neste ponto, o arauto grego entra novamente para anunciar uma missão que ele próprio considera execrável. O exército decidiu que seria uma insensatez deixar o filho de Heitor sobreviver para vingar a morte do pai. Com um golpe, a esperança de Hécuba por um renascimento troiano é obliterada.

Hécuba chega ao extremo de sua derrocada. Impotente para agir, tudo o que ela pode fazer é lamentar (vv. 793-8): "O que farei por ti, ó moiramara?/ Nossa oferenda: golpear peito e cabeça./ Reduz-se a isso o que podemos./ Ai, cidade! Ai, menino!/ O que não possuímos? O que nos falta/ para cumprir em toda sua urgência a ruína inteiramente?".

A resposta é que ainda há mais por vir. Mas, desta vez, é uma completa surpresa. Os gregos até aqui eram uma força fora do palco pouco notada, implacável mas invisível. Agora Menelau entra. Ele veio em busca de uma prisioneira muito específica, sua esposa, Helena, a mulher que provocou a guerra ao fugir com o príncipe troiano Páris. Este agora está morto. Helena ainda deverá ser punida e Menelau pretende levá-la para casa e matá-la. Para Hécuba, isso oferece uma esperança de outro tipo; trata-se de uma oportunidade para algum tipo de justiça divina. No entanto, ela suspeita do poder de Helena sobre Menelau e da capacidade de Menelau para resistir. Em seguida, entra a própria Helena, a única mulher na peça que não foi rebaixada, afrontada e humilhada. Ela está vestida para matar. Não entra suplicando mas reclamando do tratamento indigno que recebeu dos guardas de Menelau. Sua chegada desencadeia um tipo de debate formal caro a Eurípides, no qual ela é praticamente julgada por Hécuba na presença de Menelau, que vai arbitrar. O argumento de Helena, como sua primeira entrada na peça, é assertivo e confiante. É também audacioso. Tendo traído seu marido, ela põe a culpa em todos, menos em si mesma. A culpa é de Hécuba; seu filho Páris deveria ter sido morto na infância depois que ela sonhou que ele destruiria a cidade. A culpa também é da deusa Afrodite; esta deu Helena a Páris como recompensa por seu julgamento inescrupuloso no concurso de beleza das deusas. Afrodite também estimulou o desejo de Helena por Páris; Helena foi uma vítima inocente do irresistível poder divino. Assim, longe de ser feliz em Troia, ela tentou a todo custo fugir. Por meio de uma lógica obscura, ela chega a dizer que beneficiou a Grécia, já que a alternativa para a vitória de Afrodite no concurso de beleza seria a oferta feita a Páris por Atena, segundo a qual ele reinaria sobre a Ásia e a Europa. O presente que Afrodite deu a Páris, isto é, Helena, substituiu a conquista asiática da Grécia pela partida de uma mulher. Hécuba consegue refutar Helena ponto a ponto, tanto em sua tentativa de deslocar a culpa quanto em suas falsas alegações de tentativas de fuga. Também é importante notar aqui que Hécuba é a segunda pessoa a discursar, conforme a regra de ouro dos debates dramáticos gregos, na qual a posição mais forte é a final. Mas ainda que aceitemos alguns dos pontos defendidos por Helena — e nem tudo o que ela diz pode ser deixado de lado —, sua insistência em pôr a culpa em tudo, nunca em si mesma, abre um furo em sua lógica.

As mulheres do coro estão satisfeitas por Hécuba estar certa. Como conterrâneas de Hécuba, é claro que estariam. Mas o mais importante é que Menelau é favorável à execução. Helena deve morrer. Mas ela não irá morrer agora. Em vez disso, ele a levará para casa. Nenhum membro da plateia original, no entanto, poderia deixar de ver a ironia disso tudo. Nenhum mito falava da punição de Helena. Menelau conhecidamente falhou em puni-la e ela voltou com ele para casa, como sabemos, por exemplo, pela *Odisseia* de Homero, para uma vida doméstica. Igualmente importante, Hécuba também sabe que se Helena viajar com Menelau no navio dele, ela irá dissuadi-lo. Assim, a única chance que Hécuba tinha de extrair alguma gratificação de sua circunstância é malograda.

Seu infortúnio se completa quando o arauto Taltíbio retorna com o corpo da criança, Astiánax, que é carregado no escudo de seu pai, Heitor, para que Hécuba o pranteie e se prepare para o enterro. O próprio escudo sintetiza tudo aquilo que Heitor foi para Troia, como seu protetor e líder de seus guerreiros. Tudo aquilo que Astiánax jamais será. A herança de seu pai deverá ser usada para enterrá-lo, junto com o passado glorioso de Troia e seu futuro desolador.

De certa maneira, no entanto, seu infortúnio não é total. Mesmo depois de prantear Astiánax, Hécuba não perdeu toda a esperança. Ela ainda pode encontrar uma migalha de consolo ao evocar os valores da épica homérica, que enfatizam a busca heroica pela glória imortal na guerra, celebrada nas canções. Sem todo o seu sofrimento, eles teriam ficado anônimos. Agora serão rememorados nas canções. Sua glória cobra um preço terrível, mas é de glória que se trata. É nesta altura que o coro vê as tochas nos muros e Taltíbio dá a ordem de queimar Troia até que não reste mais nada. Troia deverá ser fisicamente eliminada da terra, como se nunca tivesse existido. "Ó Troia", lamenta Hécuba, "teu nome ilustre logo some" (v. 1277-9). "O nome desta terra some pela sombra", lamenta o coro (v. 1322). Por fim, Hécuba sucumbe e é preciso impedir que ela se jogue às chamas. Finalmente, é levada para os navios gregos.

Até aqui, em larga medida, observamos as outras mulheres através dos olhos de Hécuba. Mas elas não são apenas dispositivos para intensificar seu sofrimento. Cada uma delas tem a sua própria história. Cada personagem feminina apresenta essa destruição sob um ângulo diferente e todas aceitam seu destino de um modo distinto. Cassandra, como Hécuba, busca encontrar algum conforto em valores marciais, neste caso, uma combinação de valores épicos e valores da Grécia clássica. Os troianos têm mais sorte do que os gregos, pois morreram em casa lutando por seu país, enquanto os gregos ficarão enterrados em uma terra estrangeira e hostil. Heitor teve sorte, pois a chegada dos gregos deu a ele a oportunidade de conquistar a glória na guerra. Em um contexto de constante lamento e mulheres condenadas a uma vida inteira de sofrimento, nada disso, embora em certo grau verdadeiro, parece ser suficiente. Mais importante é seu conhecimento — embora só ela possa usufruir dele — sobre o que acontecerá com os gregos, especialmente com aqueles mais odiados pelos troianos, Agamêmnon e Odisseu: Agamêmnon destinado a ser assassinado, e Odisseu, a vagar pelos mares por mais dez anos. E ela também pode usufruir do conhecimento de que sua chegada em Argos como concubina de Agamêmnon vai ajudar a selar o destino deste, inflamando ainda mais a sua esposa.

Andrômaca não entra tempestuosamente como Cassandra, mas acompanhada pelos espólios de guerra. Ela é apenas outro troféu. Andrômaca nem mesmo tem o limitado consolo com que conta Cassandra graças à sua clarividência. Tudo o que ela enxerga é uma vida de servidão. E é inútil a domesticidade que fez dela uma personagem icônica a partir da épica homérica. Na verdade, isso apenas a tornou mais desejável ao senhor grego. O resultado da guerra não é apenas privar de esperança o presente e o futuro, mas também privar de sentido o passado.

A exceção a essa história de mulheres sofredoras é Helena, a mulher por quem a guerra foi combatida. Na superfície, ela é julgada, condenada e levada para ser punida. Mas ela acabará retomando sua vida na Grécia como se nada tivesse acontecido.

E, ainda assim, a peça não é apenas sobre sofrimento imerecido, apesar de ser sobre sofrimento imerecido. Ela é também sobre resiliência. Troia é destruída e suas mulheres são distribuídas entre os vencedores. Hécuba sobrevive a seu marido, seus filhos e seu neto, e vive para ver a completa obliteração de Troia. E no entanto ela resiste a tudo isso. A tragédia se interessa pelos paradoxos da vida humana e da natureza. Ela quer explorar a vida humana em seu heroísmo mais sublime. Mas também reconhece a fragilidade dos seres humanos. Grandeza e fragilidade frequentemente andam lado a lado no pensamento grego. Assim como a dor da vida humana, a peça também apresenta a capacidade humana de sobreviver apesar de tudo. Parte dessa sobrevivência é a esperança. Nesta peça, como na perspectiva grega em geral, a esperança é uma emoção ambígua. Ela pode ser encorajadora mas pode ser ilusória. Essa ambiguidade está registrada nesta peça. Andrômaca e Hécuba questionam a natureza da esperança. Para Andrômaca, os mortos são mais felizes pois estão além do sofrimento. Os vivos merecem mais comiseração, pois para alguém como ela não pode haver esperança. Para Hécuba, ao contrário, vida e esperança andam juntas. Sempre existe a possibilidade de um futuro melhor. E, assim, Hécuba persevera. Mas à medida que ela avança, também a trama é orquestrada para levar embora tudo aquilo em que ela fixa sua esperança. Sobrevivência, como esperança, não é algo inevitavelmente nem inequivocamente positivo. Mas faz parte da ambígua natureza da existência humana que elas sobrevivam apesar de todos os reveses.

Aqui seria interessante voltarmos ao início da peça. É onde vemos dois deuses conversando. Atena previamente favoreceu os gregos. Posêidon é um dos protetores de Troia. Em contraste com uma peça anterior de Eurípides, o *Hipólito* — na qual a promessa de Ártemis de destruir um adorador de Afrodite, em retaliação à destruição de Hipólito por esta, oferece um nítido contraste ao perdão demonstrado por Hipólito com relação ao pai que o matou —, aqui os deuses antes belicosos estão reconciliados acima de um mundo humano que ainda está em conflito. E a natureza da reconciliação divina é muito significativa para a vida dos seres humanos. Eles estão de acordo quanto à destruição do exército grego em seu retorno de Troia. Percebemos antes que a peça imita a apresentação homérica dos deuses. No entanto, não se trata apenas de ter deuses no palco. Trata-se também de conhecimento, do que sabemos e do que os personagens na peça sabem. O texto de Homero joga constantemente com a disparidade entre o conhecimento do personagem e o do público, e aqui também é o que faz Eurípides. A plateia conhece o plano divino; os personagens, não. A disparidade entre o conhecimento dos personagem e o conhecimento divino é enfatizada pela presença de Hécuba no palco durante a conversa entre Atena e Posêidon. Prostrada, humilhada, destruída, ela permanece ali enquanto os deuses discutem o destino das pessoas que irão maltratá-la durante a peça. Tudo aquilo que os gregos fazem, cada nova humilhação e brutalização de suas vítimas troianas, ocorre em antecipação a um futuro imprevisto por eles e por suas vítimas. Isso dá à peça como um todo um desfecho suspenso, um tipo que Sófocles apreciava mais que Eurípides, no qual a ação no palco termina antes do fim da história e cabe a nós suprir o restante da narrativa.

Como os estudiosos muitas vezes notaram, a rigor há duas histórias nesta peça. A história de Troia é encenada diante de nós, enquanto a história dos gregos é sugerida. Isso é anunciado primeiro pelos deuses na abertura, quando Posêidon é solicitado por Atena a destruir a frota em sua volta para casa. Mais detalhes são acrescentados pela profetisa Cassandra. Ela prevê o assassinato de Agamêmnon e os sofrimentos do arquivilão Odisseu. Os gregos serão punidos por seus excessos, simbolizados pelo estupro de Cassandra por Ájax Oileu no templo de Atena. O mesmo padrão de comportamento perdurará ao longo da peça; e os gregos insistirão nesse comportamento ignorando o fato de que já foram condenados pelos deuses. A ironia disso tudo é intensificada pela ausência dos gregos. Eles operam de maneira dramática, como os deuses. Na maior parte da peça, com exceção de Taltíbio e Menelau, eles são uma força oculta, percebida apenas por meio de um intermediário, e uma força

que dispõe vida e morte e move os seres humanos a seu bel-
-prazer. Mas eles não são deuses. Estão sujeitos à vontade divina e, neste caso, apesar de não saberem, os deuses decidi-
ram destruí-los. Cada ação deles é a de homens condenados.
Mas essa ignorância do propósito divino complica as coisas
não apenas para os gregos mas também para os troianos. Os
troianos em certo sentido serão vingados, mas isso não dá a
eles nenhum conforto, uma vez que sofrem ignorando qualquer plano maior. Ao contrário do público, eles não sabem
o que os deuses lhes reservaram. E apesar de Cassandra con-
tar detalhadamente a Hécuba o destino de seus inimigos, a
grande ironia fundamental do mito de Cassandra é que ela
está destinada a nunca ser acreditada. Tudo o que se oferece
a Hécuba é caos e brutalidade, um mundo no qual todas as
suas esperanças são implacavelmente destruídas, e seu mundo é desmantelado de forma sistemática. As relações familia-
res são extintas com a morte dos pais e maridos na guerra e
em suas repercussões, e com o assassinato de crianças. Relações e estruturas sociais mais sólidas são demolidas com a
destruição física da cidade. Valores éticos essenciais são re-
pudiados pelos conquistadores, como no caso de Odisseu,
que rejeita toda a sua relação anterior com Hécuba. E toda
esperança na justiça natural é frustrada com a fuga de Helena, impune e ilesa, enquanto as vítimas inocentes de sua má
conduta pagam com suas vidas, seus corpos e sua liberdade.
Este é um mundo extremamente desolador. E sua desolação
é acentuada pela incapacidade dos envolvidos de enxergar
além do momento que estão vivendo e discernir um panora-
ma mais amplo. Hécuba é clara quanto ao fato de os deuses
a terem abandonado. Andrômaca diz abertamente que os
deuses odeiam Troia, e Hécuba, depois do luto por Astiánax,
enfatiza essa mesma ideia; os deuses as odeiam e todos os sacrifícios que fizeram não serviram para nada. Quando Menelau leva Helena embora, o coro reclama que Zeus traiu
todos eles para favorecer os gregos, apesar de todos os sacri-

fícios que os troianos fizeram ao longo dos anos. Para as vítimas, seu destino confirma a ingratidão dos deuses e a inutilidade da devoção. O conhecimento que poderia confortar as vítimas em seu sofrimento é sempre negado.

Assim, os personagens vivem em um mundo no qual, ainda que haja sentido, este está sempre inacessível a eles. A disparidade entre o conhecimento do público e do personagem é frequentemente explorada no teatro grego. Um dos aspectos dessa abordagem é dar ao público uma perspectiva quase divina sobre os acontecimentos, pois eles podem saber de coisas que os personagens não podem. Mas o conhecimento está relacionado tanto à impotência quanto ao poder, no sentido de que o público nunca poderá comunicar esse conhecimento aos personagens. Ele pode apenas assistir aos personagens se arrastarem para um fim que o público já conhece. Mas, como o público e os personagens compartilham da mesma humanidade, a ironia dramática torna evidente, assim como tudo mais, a falta de controle humano sobre o mundo e a falta de conhecimento humano sobre o futuro.

A esse respeito *As Troianas* é muito mais do que uma peça de guerra. Com certeza ela *é* uma peça sobre a guerra. E para uma plateia ateniense ela suscitaria reflexões sobre a guerra na qual ela própria estava envolvida naquele momento. No inverno de 416-5 a.C., os atenienses mataram toda a população de homens adultos da pequena ilha de Melos e venderam as mulheres e crianças como escravos. Essa não foi a primeira vez que Atenas fez isso; e tais atrocidades não eram incomuns nos antigos conflitos. Mas esse era um exemplo bastante recente. E, assim como a peça, era um exemplo evidente do uso massivo da força por uma grande potência contra vítimas vulneráveis. Para qualquer um que assistisse à peça, Melos era provavelmente pano de fundo, independentemente do que sentisse a respeito de Melos. E alguns dos atenienses que perpetraram a matança em Melos certamente estavam na plateia. Mas esta não é apenas uma peça de guerra, assim como a *Ilíada*, de Homero, o texto de referência fundamental, é muito mais do que um poema de guerra. Ambos são também sobre a vida, para além da guerra. A guerra (como notou um contemporâneo de Eurípides, o historiador Tucídides) oferece a um só tempo mais oportunidades e mais pressões para o exercício brutal do poder. A tragédia sempre busca exemplos extremos e a guerra oferece exatamente isso. A guerra acentua o potencial humano para a crueldade; ela leva o sofrimento ao extremo e testa num nível inusual a capacidade humana para enfrentá-lo. Mas vitimização, ignorância e injustiça não estão circunscritas à guerra. São parte constitutiva da existência cotidiana. O forte explora e humilha o fraco na vida comum. Culpados, como Helena, dão as costas a seus crimes enquanto outros sofrem as consequências. A peça não é apenas sobre a dificuldade de sobreviver à conquista na guerra. É também sobre a dificuldade de sobreviver em um mundo hostil.

Os deuses são criticamente importantes para esse aspecto da peça. Os leitores modernos muitas vezes têm dificuldade em concordar com os deuses gregos, especialmente na tragédia. Mas para o dramaturgo grego, os deuses oferecem um meio valioso para explorar o mundo. Os deuses gregos são seres individuais, cada um em sua esfera de atuação; e, além de seres antropomórficos individuais, eles são (ou podem ser) a personificação de princípios. E coletivamente são as forças que controlam o mundo em que vivemos. Nesse sentido os deuses *são* a realidade com a qual temos que nos enfrentar. Eles oferecem uma ordem física. Eles também oferecem um elemento de ordem moral ao mundo como um todo, ou assim esperam os seres humanos. Recorremos aos deuses para punir os malfeitores, embora os próprios deuses, como indivíduos, frequentemente se comportem de maneiras que contradizem a moralidade humana. Os gregos sofrerão.

O problema não é vivermos em um mundo arbitrário. É, antes, que a ordem moral, como em Sófocles, está sempre um pouco além do alcance da compreensão humana. Os deuses e o mundo que estes controlam são impossíveis de prever. Os seres humanos estão condenados a viver em um mundo que eles não entendem. Em última instância, isso é tão verdadeiro na paz quanto na guerra.

Sobre o tradutor

Trajano Vieira é doutor em Literatura Grega pela Universidade de São Paulo (1993), bolsista da Fundação Guggenheim (2001), com estágio pós-doutoral na Universidade de Chicago (2006) e na École des Hautes Études en Sciences Sociales de Paris (2009-2010), e desde 1989 professor de Língua e Literatura Grega no Instituto de Estudos da Linguagem da Universidade Estadual de Campinas (IEL/Unicamp), onde obteve o título de livre-docente em 2008. Tem orientado trabalhos em diversas áreas dos estudos clássicos, voltados sobretudo para a tradução de textos fundamentais da cultura helênica.

Além de ter colaborado, como organizador, na tradução realizada por Haroldo de Campos da *Ilíada* de Homero (2002), tem se dedicado a verter poeticamente tragédias do repertório grego, como *Prometeu prisioneiro* de Ésquilo e *Ájax* de Sófocles (reunidas, com a *Antígone* de Sófocles traduzida por Guilherme de Almeida, no volume *Três tragédias gregas*, 1997); *As Bacantes* (2003), *Medeia* (2010), *Héracles* (2014), *Hipólito* (2015) e *Helena* (2019), de Eurípides; *Édipo Rei* (2001), *Édipo em Colono* (2005), *Filoctetes* (2009), *Antígone* (2009) e *As Traquínias* (2014), de Sófocles; *Agamêmnon* (2007), *Os Persas* (2013) e *Sete contra Tebas* (2018), de Ésquilo, além da *Electra* de Sófocles e a de Eurípides reunidas em um único volume (2009). É também o tradutor de *Xenofanias: releitura de Xenófanes* (2006), *Konstantinos Kaváfis: 60 poemas* (2007), das comédias *Lisístrata, Tesmoforiantes* (2011) e *As Rãs* (2014) de Aristófanes, da *Ilíada* (2020) e *Odisseia* (2011) de Homero, da coletânea *Lírica grega, hoje* (2017) e do poema *Alexandra* (2017) de Lícofron. Suas versões do *Agamêmnon* e da *Odisseia* receberam o Prêmio Jabuti de Tradução.

Este livro foi composto em Sabon e
Cardo pela Franciosi & Malta, com
CTP e impressão da Edições Loyola
em papel Pólen Soft 80 g/m² da Cia.
Suzano de Papel e Celulose para a
Editora 34, em setembro de 2021.